留在纸上的心

那萨 著

作家出版社
全国百佳出版社

图书在版编目（CIP）数据

留在纸上的心 / 那萨著. -- 北京：作家出版社，2025.1. -- ISBN 978-7-5212-3118-2

Ⅰ. I227

中国国家版本馆 CIP 数据核字第 2024AE2762 号

留在纸上的心

作　　者： 那　萨
责任编辑： 李亚梓
封面设计： 贾　莹
出版发行： 作家出版社有限公司
社　　址： 北京农展馆南里 10 号　　**邮　　编：** 100125
电话传真： 86-10-65067186（发行中心）
86-10-65004079（总编室）
E-mail: zuojia@zuojia.net.cn
http: //www.zuojiachubanshe.com
印　　刷： 河北星强印刷有限公司
成品尺寸： 155×220
字　　数： 38 千
印　　张： 15
版　　次： 2025 年 1 月第 1 版
印　　次： 2025 年 1 月第 1 次印刷
ISBN 978-7-5212-3118-2
定　　价： 88.00 元

目录

我是被时光磨损的废品

下山时，他们正好上山
我用四目巡视，他用微笑迎向
与老人们碰头、碰脸、拥抱
嘘寒问暖，母亲说
小时候我和他是认识的
帅气，灿烂
仿佛，我是被时光磨损的废品
杵在人们问安的路口
羞涩地，不知所措

青铁金丝花纹大锁

青铁金丝花纹大锁，这久远的雕花
紧锁着深巷中隐没的叮当声
被虚掩的木门，是一条老狗仅剩的警觉
所剩无几。一匹独狼在空旷的山峦间
频频回头，我如一抹红晕
停留在它的目光中
这份落寞，我们心照不宣

酥油灯里的苍蝇

漂浮在金黄酥油里，像是黑夜的遗腹子
透亮的黑色宁静，停止劳碌与无明
在诸佛的目视下，以最高的礼仪
给自己进行了火的葬礼

我认真地
从灯油里捞起了
一个虚影

深山老林

经轮给流水架起了一把阳伞
几头牦牛细嗅彼此的肉身，走向深山
它的迷人在于野果顺着浅显的危机
向林子深处探秘般开辟路径
野草莓红艳瘦小，聚拢在老树墩边
一只虫子从大地深处磕绊而来
在生命的夹缝里顾前盼后
群鸟恪守自我的词语
这未知的声调——
高于生存之上的某种觉知

渡鸦

一群渡鸦，在清晨飞，在黄昏飞
在高原淡蓝色的空中起伏嘶鸣
天地喧哗的通灵者，勤奔于山林原野
群落在红色屋顶，这黑色曼妙紧凑的身躯
吞下大地初始的声音
鸣叫不停。鸟屎落在肩头
人人面露喜色：
“黑鸟倾洒白色甘露”

崖壁上的花房

群山相望间悬浮的一处胜景
青松翠柏，垂悬在崖壁
万丈之下，空风没有来由
流动的花，像是被悬空支起的浪花
或大漠与戈壁间暂缓的一个关卡
指给谁都略显突兀，看落日
绵长的放逐，不问去处
松木露台上的孤影
正对应着山顶的荒芜

任众心所欲

淘洗一瓢光，给太阳生一个孩子
梦呓的人，说光的肉身上长满了斑点
像一只豹子，与猎狗在沟里抢食
餐食昏暗的事，风穿墙而来
塞满世间的耳朵

“任众心所欲……”

垭口

垭口的风，把夏日的暖意吹得七零八落
猎风攀爬的山顶，雪在重叠自己
花从不开口，族群细碎，质朴地开在风里
雪山拉下雾色帷幕，我行走在其中
像一件自由漏失的器皿
天因为放空而高贵了起来

据说

种子和羚羊，都有先死而后生的决绝
鲜草先长于谷底，迎来谷口的马
绿松石长在梦里，比金树珍贵
桑烟缭绕时，寻香者
簇拥而来，那么多
游荡的魂灵

绿松石

一块墨绿色石头
形如眼眸
这来自远古的凝视
带着密林深处的氤氲

梦境是月光的隧道
绿色的旖旎脱离现实的石头
化成沙，化成河
化成闪电和慈母心

瞧，爱情在寂静的眉眼里再次升起
如火焰和升腾的青烟
如日光下脱尘的一缕轻纱丝

痕迹

清晨，光线昏暗，灰尘群居
像是大地一夜的震颤，或是
某种庞大的物体在熟睡的枕边翻滚
悄无声息，却有迹可循
室外寂静如假象，一个梦游者
穿过自己，体内
有某种执念用力擦拭的痕迹

卓玛拉

爬坡点燃藏香，像火把一样
举着高处的稀薄，驱散昏沉
前路绵长，目光向上眺望
生出不可触碰的雪山
那是一座拔高的汪洋
岩石留下白狼足迹
一袭白衣菩萨，一步两步
翻过了，被山风吹高的山坡

画圈

笔尖像蛇一样，一圈又一圈
一只蚂蚁被囚在黑线内，透明的翅膀
飞不起来，顶着虚拟的牢旋转
我站在这涌动的地面，被细小的颗粒
挟持，贫血、挑食、眩晕时
试着把太阳关在墙外

阳光草木

阳光收起了光刺，柔软地落在手背上
山脉被一宿夜雨点化后的晨雾缭绕
羊羔花、格桑花、金露梅
依次嫁接到阳光下，那自然之光
仿佛来自自身的昏暗，高举花草
高举一束光的轻盈
直到光从指间向下滴落
直到把自己退回到光的阴影里

舞台中央的人

舞台中央的人，给四周飙舞献媚
用肢体的技巧在求救，像深陷泥泞的神
嬉笑掩饰剧情的悲戚，向死戳穿古老洞穴
对无望的抚慰，流水的快感
认真而绝望，我忍不住指着头顶的光源说：
请收起投影，表演结束

肉铺

农历四月初八，天晴
昨日有雨，几头牛挂在肉铺
湿漉漉的，万物有灵
画不出有样的草
涂佛的模样，省略五官
一切皆有，一切皆无
牛挣脱肉身时
一定是向着彩虹奔跑

路面有光滴坠落的声响

樱花

不止有待放的花苞，翠绿枝干
还有疾病、疼痛，诵经声穿过墙壁
穿过梦中的篱笆，更多的时候
爱我的人都活在梦里，生儿育女
挖井背水，推墙再造屋，树脂香飘
纸张上花影婆娑，更多的时候
爱我的人都活在梦里，年如日
不老，不离，活到我的尽头

夜的尽头
樱花开了

菩提叶

或许在某一次抬头的瞬间
它就会落到我的手心，缓慢的大弧形
像是被苍穹抛出的翠珠，在太阳光下
闪出诱人的晶莹，隐约的狮子吼状

时常，它翠绿葱茏，密集地向天空生长
或露出枝干，在昼夜里显现生灭
风并没有掀动什么，空中的清脆
犹如瓷器从旧时光中醒来
它就在枝头

鹤

落在纸上的鹤
映照落日橘红色光镜
仰头哼唱胸中万重山
淡蓝色虚空无物可寻

逆光使两只亭立的鹤
变得肃穆，奔向彼此
又止于被暮色笼罩的地表

每一支歌谣都是精彩的绝唱
加速心跳捂住黄昏的耳朵
星辰退回到微光距离

动一念，开一花
花瓣沉浮

光摄走了一双眼睛
两个墨绿色音符
拆下骨节，涌向天空

小鹿

要勾下它的温顺和善意
就先勾出一棵树的静默
和一个年代的金黄

风摇动树叶沙沙响
小鹿闯进午后墨绿色光圈
给它默许一座山的陡峭
和一朵莲的赞誉

攀爬光的悬梯
接近被念头点成的影像
心的漏洞使光袒露出细密的涟漪
像无边的海域将要迎来风暴和沙砾

小鹿放回到空山谷
风叩响谷门
风来去无序

鹰

你指给我的两只鹰
我说更钟爱于低空盘旋的那只
背上的阳光够随意
天空太空，影子都可以省略
几乎又看到一种宽慰
像是某种假定的实现

它低头俯瞰的样子，像是在倾听
或层层修饰的欲念
散落在它的眼底

它展翅盘旋在上空
随时都可以带给你
一个拥抱

即便那只是一种假设

野牦牛

它站在青山半腰，笃定地望向我
像是有心把时光凝固在那一刻
秋草并没有急着蜕变成风的信子
空气中的清香，是大山里的清香

它在宽阔的原野，自燃成一团火球
奔向日出的方向，尘土的起落
定格在仪器里，它跑出了视觉的局限
一双眼，一百种印象

它突然跳出自身的寓意，立在那儿
呼出冰河时期的鼻息
一团上升的白雾，雪花的白
这虚无的存在，指定为某种气象
仿若一个影子受制于更大的光影

羊

生来与草为伍，温顺、谦卑
常含累年寒气，不可冲向山顶，它们是羊
生存于谷底，低洼处得积水
马蹄印里，生青草
它们有爱，爱而不可说

它们在摇曳，摇曳在天地间
与风干的种子，与云上的骏马

它们是一座山被迁徙的遗址
谁闭上了眼，仿佛
谁就得到了安宁

空栅栏

说太阳城里没看到阳光
昨夜的平和，今夜的愤怒
带着自己的相，看不懂众生心

说肉身污秽，却用灵魂在吸吮它的无常
说前路难测，修一座桥，只通向一人

在深深浅浅的小巷，踏遍石板路
一再压低平稳的呼吸，结束言辞

白色建筑符合所有逝去的过往
深夜囚禁的被深夜着色
假装轻松，尘世幽深

重复指向自己，一条
被心绪编织的空栅栏

一只灰兔跃入傍晚的舞池

草原，傍晚的舞池，空无一人
大自然的和弦消声

一只灰兔跃入聚光中
竖耳倾听，音响缭绕锅庄曲

它并没有听命于听觉的驱动
静默站立在夜色中央

身后的栏杆边，众目悄声聚集
善意的好奇，几许紧迫的期待

它坚守一束火花的宿命
纵向跃入右侧夜幕
落入无边的虚无

梦见巨人

踮着脚尖努力拔高，用一张木桌来掂量高低
笑声中点亮庞大的俊美，大地身穿黑色绸缎
他在奔跑，极速的脉络里闪过旷世记忆

想一段生命的起始，转角有化石
看一轮月光的躲闪，世间无剩空旷
拥风入怀的人
他有日出的模样

我有一个梦想

空椅子

它用四个脚立在山下的
鲜花丛中，每只脚都陷在
自我的摇晃里，站立不稳

它用鲜绿色的颜色掩饰突兀
隐去又加深存在
构建所有可能和无限变化

它被空荡的风催生出缝隙
与生俱来的漏洞，如隐秘的胎记
时而从表象裸露异象

它用新的流水代替火
内部的分叉
如闪电划伤的树木

短暂光阴加重的
“我的”，向四方靠拢
它刚失去了一个中心

石像

众多许诺吊坠的门把
彩色条布经过的手心与额头
向上轻触风之雏形

叹息来自沉默的石像
去焐暖一块万年石，等它开口
等它敲开捆绑的神识
寻找自己未找到的部分

把影子倒追到山下
它跟着那只啃食自在的兽
它们逃上崖壁，回目浅笑

用心看看不见的心
有时许诺自己不被找到
有时把自己当成真有
在确立一颗掩面流泪的心

反射

窃喜的大都来自微小的事物
路面带光的花形，是一张旧居的广告牌
穿过尘与水滑行中积累在世的样貌

餐桌边闪现的光影，是烟火显现细微的裂缝
让花草茂盛，步履缓慢

右面是没有深渊的悬崖
药物在淡红色墙壁里疯长
铜面的人活在典籍里就医

世间找不出同样的脉搏
世间有一条隐秘的河
会在两个人的心里，同时
泛起不可语的涟漪

藏戏面具

戴白色面具的人，在旷野上舞蹈
不可思议，他每唱一次
我就向前一步，追寻我的耳朵
声音里飘落兽毛、岩石和雪花
他在风的口袋里，装满
祖辈的灶石与火种
还有一个宇宙的全部声音

灰白色梦境

白色村庄覆盖白色麦穗，土黄灶台
张大嘴的空洞，山上树丛绿瘦红肥
山下河流依傍俯瞰的鹰，戈壁走失的人
鲜活拐角的绿洲，细胞追认的孩子
说三道四的亡灵，屋檐下不落魂
指尖开花，生命向下坠落

时间是不对称的鞋子，最终
使我们成为彼此的逃犯，在这世间
能够指认的，也只是
灰白色的梦境

构想

构想一种画面，站在平坦的山崖
树木翠绿，花果鲜艳，远处山脉延绵
云层叠峦，太阳在天边燃烧
长河在地上冥思
鸟雀归巢，倾听身后
细细碎碎的物语，构想
袅袅炊烟，草木房舍
苔藓和篱笆，还有些什么？
这构想中的留白，仿佛是
开满罂粟的花园，囚禁我
贸然回眸的
那一股决然

流失

刀鞘是刀的桎梏，而流失
是一种关系的切割

路过的人，诠释存在性
事物反射出更多的黑影
言语，像一件袈裟涵盖的无明

赶不上老时光，就返回到那座老屋
放下生人的拘谨，一碗清淡食物
几声猫叫，在杂物间晃来晃去

星辰几近惊艳，这是一个
意向于美好的旧梦

我了解得并不多——

作画的人

掀开黑色斗篷，把里头的人送到对岸
用一座桥去送别，用一条河作留念
凡尘喜事皆具悲伤，诺言作古不算
理想的孩子附在画笔上
血、肉、皮为笔墨
骨、髓、精为笔杆
骨头的垂感是一个人的陡峭
奋力攀爬的人叩首于地
把愿望摁在地上，种植岩石
固定体内的摇晃
沙堆古堡里住着太阳色王子
他在雪地上描摹生命的轮廓

神变日

收起一碗茶水与破裂的碗口
缺失的那面，实则是一道出口
阳光顿时吸走了成片的阴面
那个嘤嘤认错的人，还没学会走路
疼痛时膝盖着地，我并未打算要认出他
一个上弦月，月渐明于天际
风起或云涌，认知受限于视觉的局限
灯盏明目，灯芯开花
一朵白莲浮出水面
像是算准了时间

神的孩子

神的孩子，在故事里得到了神的庇佑
言语天然，胸有惊雷
他在相似的黑夜里租赁阳光和火
在熟悉的土地上种植雨雪和泪水
肩扛古老铜管，倾听遥远

神把延伸的地平线
和被重复虚构的身世，都留给了
那个朝着晚霞，重复
潜逃的孩子

深红色树

路过一座山，也会路过一棵树
袈裟的红，落日的红，心形的红
依着岩石和沙土，无须过多的雨水
果实只结给叶子，它有好认的名字
无须被谁喊出声，它存在于它的内核
像是某种授记，路人经过它
走向远方，风吹落的果实
用寂静活过来，它没有生死
生死不过是对虚幻的简单敬意
它是我心中的部分面积
我该用什么来替换它的忧郁

甜茶馆

我循着敞开的木门，走进阳光绘制的生活
日子是搁在墙上的老钟，倒计时中
老人们从怀中掏出木碗，暖色浸染的木头
奶白色茶水，坐者有份
香甜是雪山和草地，其余的都是我们的命理
冒着温热水汽，对坐的人来了又去
去了又来，每个笑容都带着深远的肌理
深深浅浅的，我坐在其中
仿佛是为了等那个像阿妈的人

佛在喊我的名字

岩石和灌木草间，时而有手拉我跨过斜坡
斜坡上有炽热的阳光，也有风把影子拉向身后
还未成形的阶梯上，变成了另一个人
踩着深陷的脚印，默默跟随

果树是唯一的焦点，像个旋火轮
被红点旋转的错觉，构成它自己的宇宙
生生灭灭，捕获新的形体，有了果实的愿景

花草并不是岩石的构想，星空谈论石头
跳出自己，就看到光芒，檀香点燃自己
青香遍布虚空，我听到我自己

佛在喊我的名字

在西藏

左边存放的真身，比手掌小
右边是一个女子，冷冷的指令

一个人的旅程像是一种冒险
过多的不确定，一张通行证
刻画此前的生活和背景，仿佛有所不同
也无所不同

一块石头戴上了鼻环，在阳光下迷路
自言自语成串，在有漏的世间搜索补丁
遮盖缺失的那一面，不执意于缘由

听到上扬的微笑，感知的微妙
对面，正坐着一尊笑颜的度母

薄雾散去，冰雪融化成潺潺溪水

八廓街

路障立了起来，或横在膝盖处
嬉笑的人，无意造伤的人
坐在阴影里，装作虚无

八廓街，用立体切开光的对等
逆行的人，向人群和尘土，践行时光面孔
烟火与痛点，同样会成为火源的按钮

带我穿行巷道的阿佳，带我走了那么久
终没能走进一扇门，收回的空茫
就像初冬的那场雪，齐刷刷地
落满了街角

山上有座屋

冰雹和麦子静坐，化成岩石
青灰色山脉，或融化或发芽
小屋镶嵌在半山腰，望眼处
日光倾城，野草点头，城市之肺葱郁
布达拉，金色雪山

静默的千年岩画，后缀的油彩和鲜艳
完成无和有的体相

灯盏聚焦在城市腹部，光跳出实体
随意而温润，站在背后的人才能收拢
事物背面的虚实，包括爱意

就像，被这暗夜的深蓝色深深凝目

对镜

“杀生者冒着下地狱的风险
成全对方还了债”

远处正在下雪

看见，吃腐肉的秃鹫很难一下飞上天
它们要踱步，有时踱步到半山腰
缩着脖子，灵魂在痉挛
蚂蚁再追赶，闪不过一个小脚掌
鸟巢再高，一落地全碎了
修佛人惦记着酥油
光不仅是点给自己

“看到的都是自己的对镜”

看一棵树，冒着绿意
透着苍凉，像一个
从木头纹理里思考生命的人

我站在树下，看自己

我体内有一半噪杂

我体内有一半噪杂，来自尘世

晨光湿润，山尖云雾缭绕
远处的号子，按时响亮
隔壁的钻头，对准了发梢
易于被机械掏空的，除了山谷
还有被尘世滚烫的脑袋

静默的佛学院，我两手空空
喇嘛赐给我一条黄色哈达

我积攒整个午后的阳光，把
自身的贫瘠都包了起来

在庙里，打盹

路边静默的泥塔，有过雨水和阳光
路边缓慢的风，卷走了一个喇嘛
缓坡上尽是檀香

供水的小孩，玩耍的小孩
裹着湿漉的红袈裟
一群慈母般的喇嘛
拧掉了多余的水

门板上扣着空铁环
注视久远的锈迹

花瓣都在枝头
狗吠在巷子深处隐现

有人念出咒语，在耳边
擦拭梦中的灰
我在河里捞一个影子

卓玛拉康

那是一双眼，绿色的？蓝色的？
不，是我看它的颜色，它本无色
我把鲜花插在玻璃杯，玻璃隐去
我看时间消失于静止，提着声音的人
追着自己的影子，走进白色墙壁
石头变成了流动的液体，那些隐秘的声响
风的呼吸，树的呼吸，大地的呼吸
我没有呼吸，是我体内的日月在轮转
我没有流泪，是我体内的大河在起浪

任一切现起

掉进被理想预设的峡谷
它的空旷与丰满
部分是我的想象

过去的经验推翻现在
每一天都是新的遗迹

用爱意，给万物让路
交出古老情愫，遗憾的是
我用乌有叫出了另一个乌有

光放出层次，近于黄昏
雨水和泪水都有破碎的决心

用镜像的武器对准自己
动摇自己，用力推开重门
这阻力相似于某个空荡的清晨

“任一切现起”

那善念的明暗
那自由与孤独

下沉的石头

相逢必定有因
请别跟我拥抱道别

点燃时间的记忆，也将在时间里火化
细微的触动，比如一间书坊的质感
一个午后的沉静，一阵雨的走神，一首歌的故土
一个仓鼠的归宿，一只猫的寿终

沉默的人都落在身后
黑夜与搀扶落在身后，经过
这世间最弯曲的路，路过
最微妙的灯盏，一排排倒向身后
一排排迎面冲撞，都在极力掩饰

拦下夜空的双臂，没有拦住下沉的石头
微笑着撑开掌心，不记得说过什么

风使我泪流不止

光之火

与词语相互纠缠、剥离或各自逢场作戏
逃离尘世现场，隐藏泥土，隐藏露水
也隐藏灵魂的遮蔽物

像没有根茎的花朵
绿草嫩叶中取出一把光，招揽火的凝重
光丝丝缕缕，倾注镂空的肉身

我们必将经过这宣泄的光晕，经过弱小的美
也经过美的险情，又将它们在体内封口
保持缄默

或将
给一撮火苗
呈现一片
失火的原野

或见或不见

路过的，也只是路过
叶子在向外展露自己的纹路
只有大地在内藏那枚黑色种子

让眼睛说出一万种的远近
它在肉身的最前沿收放自己
和一树欲坠的梅花

四方格子规划的脚
一条消失的窄巷
路过一次的也只能擦肩一次

掏出内部所有落叶
为深秋陈设一个瞬间
看尽它褪去的全部色身

沉默不语，对消逝给予最大的善意
我们活成了虚无的具象

昼夜生出空隙，或明或暗
缺少答案，或见或不见

英雄主义

石头在漫长的希求中
变成了一座碑或一个神

记忆如井，激起幽深涟漪

屈膝见山，挽歌拜神
信仰一枚英雄的勋章
所爱皆欲介入旷世

当夜晚和一轮明月交集
时辰消失于白天的消息中

把自己奉献给一种热爱
眼泪是最炙热的冒险

如岩浆成形的山梁
带着黄昏的暖色激情
在明暗的光线下显现出火的意志

时间说

把时间划分为二
昨天和明天

请一个神下来，成为历史
请一个人上来，摆在墙面

我们重复返回人群，逃离时间的真谛
面对匮乏，吃一颗糖，再把它吐出来

面对星系，以雀鸟的方式
互啄羽毛，拥抱流泪

我们在各自的幻象上制造掠影
给失踪的马蹄规划远程
证明没有裂变的心

风总是吹个不停

雨落在街角

雨水携带忏悔者的清晨
虚空里坐满光的名字
过往的声音没有一个清晰
路走到街口全是雨的栅栏
旧雨伞滴落新污垢
失落的一念之词
像是有根有据
记忆圈在中年的腹部
金黄的麦穗和千年的灰烬
荣耀固定给一个地名
羞涩的人从昨日抽身而去
清净的想象里美使人泪目
雨水奔向阴郁天
遮挡面孔，呼气过重
咽下谜题对答案的执着
时间可以延长到无限
也可以有所不及

立春

摘下面罩，面孔交给新的气流
摘下礼帽，过去的额头只戴着一个意义

曾遗失的以另一种形式收藏
想象的田野上长满向日葵

“我曾见过”的交集模糊
像是另一世记忆

灵魂舞蹈的光芒万丈
有人全然不知自己的不在场

梦中牵出那株新生草
给它浇灌昨夜的存在主义

向物我两忘的人兑现魂灵
抚摸冷峻的过去和柔软的此刻

有些思想如风中的种子
一触碰
就飞向旷野
召唤春天

海拔四千米以上

——修自己的路
踏自己的脚

空手向绿水招手，指缝塞满风
山路蜿蜒向上，双腿迈进温泉
沸腾之心从地底悄然涌进

花草以裸露之姿，动摇山脉
裸身的女子，双乳浮出水面
局促不安的，是一双偷瞄的心

想起，倾听过的另一颗
左胸口留下耳朵和声音
代替语言，善待所有变化

心率，犹如一帧光的讯息
“谁的心灵在抵达？”

这想象如此辽阔
与往常不同

潜行

抹去抵达的地标，仿佛是为了忽略
世上的空房子，围着高墙
围着荒芜与生长

除了雪花都已交付给岁月
除了灵魂再没剩下什么
可以贴近雪的心脏

雨天不要向各自道别
不要撑开那唯一的一把伞
生命如火，走到岔路
就像两团青烟，只有
潜行在旷野的麋鹿
在内心的阁楼，留下
虚无的掠影

然而，把春的底片割让给雨季
拨乱那些有意闲置的荒地

我始于原始耐力的摩擦

我始于原始耐力的摩擦
一块陡峭的疙瘩
忘我必是石头溢出的汤汁
或是火的热力学，足够高温下
流淌的矿物质

太阳回归线上的一块暗影
在夏日绿植的围栏间
把古老谚语概全的面孔
一一数落成传说的修辞

把一颗小宇宙演绎得真实又平凡
偶在深夜传播肉体的喧闹
词不达意，面壁黑夜

替自己坠落的神灵都放回原处
抠出绿色瓜果内里的黑色种子
包裹的鲜涩，定义成柔软

像一棵急需栽种的树苗
奔向麦子与冰雹
被石头模仿的
那座荒山

河流

雪下到淹没膝盖
我们可以从空间上抽离感官
尘土静谧，仿若
世间无一桩灰暗的事

这个春天忆念某个背影
喘着粗气，像是秉承了牦牛的器官
所有原始的涌动，比如爱
比如力量，似天命
穿过我生命的长河

胯骨向马匹践行眼中的白
体内矗立雪山
而心中幻起的云朵
就会向水滴践行流淌
河岸，泥石滚落
河床，时而下沉

盈亏

内部的恍惚之顿感
在面对自身的暗礁时
时间成为时间的憾

向万物宣告那隐秘的心潮
万物各自聆听耳旁之声
手盖在心口
供出脉搏和血管
语言向下沉没

从部分的自己探出全部
该如何投向一条河的动荡
或顺着弯曲的风，奔向它
越过一百种长风的风险

这怅然的盈亏
这来自内部光合的盈亏

余音

我们围坐古老火焰
入夜前的故事和煮剩的骨头
都在变换的距离之上

一条河的浪花，献给一座山谷
那寂静之地，做不到回应

无畏之心做不到，如金刚大地
旋风四起，微尘成形似我

我们拥抱，虚拟此时
食用稻谷，加重肉身

我们看见，我们遮蔽
生长的自然之身

万年退缩的四肘之距
加深所有目睹之物
一次回眸与另一次回眸缔结

阅读爱情

躲不掉时间之锤

我们如万物初始的余音
回荡在各自的局限中

深秋

叶子收紧命中的水而脆响
穿过一个季节是一瞬间的事
美和悲伤也只是一瞬间

围拢一块石头，撩动一阵风
脚步清浅又迟缓，目视
前路的人拐进了另一条岔路

时间的纹路使一张面孔
变得清晰。光的默认
使众多的影子画地为牢

落叶细碎的声响
触碰一棵树的呼吸
轻声而来，轻身离去

一缕烟
从自身的火焰中
缓缓腾起

一条小路

有些路总是高过云层
雨雪无碍，我们脚印重叠
因为耗损气血，给粮仓补充谷物
笑面的人有颗石头心
垫在路面的是其中一颗
长在山顶的是另一颗
老人的所指，像一种箴言
一棵树，果实欲坠
向我伸手的行人，要走了红色水杯
恰巧的艳丽勾起了她的触觉
向我伸手的行者，蜻蜓点水般
取走的小食物，一直握在手里
为果实停下的人，播撒一粒种子
给无尽的未来，小路在簇拥的果树下
直隐秘地在穿梭

初雪

避免重蹈的脚印，伸出去的脚又缩了回来
这小心的样子，像是避免另一双眼
从她的平常中随意穿过

纷落的雪，手心收着
瞬间的轻盈消于掌纹，放开无形与棱角
让它悄声落地，让它看到自己的碎片

一颗火石之魂
被众多星状的镂空点成无数眼睛
齐刷刷地，把自己化成了虚无

山谷记

一个人像一湾清泉
两个人像两个季节
翠绿松柏和山尖积雪
用尽心力，保持瞬间的诧异
和持续的无常理，把时光锻造成崖石
光缓慢地攀爬，白云低垂
抬头就能触到，一个干净的灵魂

起风了

我站在远处，看着远处的风
风稀释世界的水分，我们在风中失重
请给我一张旧面孔，目击石堆上的火
是一座庙燃烧的记忆，庙里有来路也有去处
请给我一个发黄的季节，果子成熟
落叶飘落，用梦想兜售爱和笑容
请给我一个长长的思念，与血脉相连
与天地相融，像一棵
反复轮回的树
长在风的心里

低语

因暮色拨弄的情绪而寡言
我们在岁月里陌生那么久
像是被光折射的影子
来得突然，走得也必然会匆忙

这不老的爱欲，丰满又细腻
用美名冠冕的都成为
另一种残缺

引入目中的风
也不是此时的风

一块顽石

晨曦把一个梦译成一口痰
晨曦咳出一座城的烟
晨曦嘀嗒的声响在穿梭
雨滴、灵魂和火焰

树木打坐，我路过心怀慈悲的绿叶
梵音轰鸣，声源长满耳朵

江河汹涌，被爱情犒赏的浪声
穿过高山和云朵

一块顽石躲在空中
一边欢腾，一边破碎

水从灵魂溢出

我们一直在俯瞰路面
俯瞰实践中的行人
怎样以格子般的经验框架世故
也假设坠落，死亡必定先经过玻璃
圆的或是方的，再经过风
说到风，我们都记得死过一样
欣慰，你看着杯中的热水
直到，适于饮用
——“我不忍占领你驯养骏马的高地”
万物静默，我以大口饮水的策略
把灵魂中溢出的水都憋住
佯装被杯中的水呛到

黑袍异想

残阳下乌鸦缺席，路无尽延伸
夜幕低垂，鬼魅起舞

百年前的灯塔，是百年后乞讨的
黑纸盒，这一路风水
从山顶到山脚，回收
放行的草木

人间的回路折在断崖，树木簌簌
发出蓝色信号，从结界驱逐的魂
赴死的夜，鲜花烂漫
行者固化疆界，巫师痛饮山峦

黑袍付诸一把火

傍晚的咖啡馆

傍晚最后一道光线，落在墙面
物体交出黄昏的内部，我和人群
隔着一面透明的玻璃，众人散尽
一张木桌与它的空位子
白色纸杯与遗留的红唇印

焦糖抵达另一种甜腻
杯中时间消磨的空白
被巨大的心跳填满

春光通透
有嫩芽爆出自己的心骨

一只猛虎放下天性
从大地的明亮处
缓缓收起了丛林的阴影

寓意

时针指向凌晨一点
梦被变质的物象擦出过多的碎片
像刀尖一样，刺向内部的山河
鲜血并没有献出它的实相
它在绝望的前沿收回了绝望的奏鸣曲
我说我躲过了梦里的刺杀
却把它确诊为现实的刮痕
夜的喉咙处突然有什么
悄然而止。从梦里分道的
在梦外急着归位，试着诠释
寓意的正反转换
夜持续卡在失语的谷底
像是在下咽一整座城市的灯盏

我们说点什么

被木头戳痛的地方，我们种出了菊花
气象与枝叶之间，有过
真正的举杯

我没有云朵的细腻，自身的骨骼间
也生过过季的风，也假设
在更高的山脉上放逐，像风马
足够的神性，永不被收回

只闪一念，也只是一念
时间倒转了一遍，却没有适合的节点

生命的肌理里，收集谷物的轮廓
放生野草，什么也不播种
四季里习惯，偶尔的恍惚

或者，我们可以说点什么

恼人的，越发肥美

像村落金黄的麦穗，风儿
许久不见，垭口经幡流动
归巢鸟儿迟疑，夜幕催促
泉水叮咚，此外的都静默着
分享着，用力地消耗着
仿佛为此一瞬，万物归零

像奔流的河水，收紧山腰
天空虚空，一座桥，一艘船
隔岸的人，渡到天涯

或色彩能溢满夕阳，花儿屹立指端
风儿的心，像地底累积的年轮

恼人的，越发肥美

日环食，青鸾或一棵树

梦中的膝盖，丈量无定义的事物
树上长着蓝色飞禽
羽毛镶嵌大海内里的闪耀

此时日照赤红，长寿花红艳

你略说席地而坐时的一部分喜悦
像是心念在匀称浮力下的某种克制
歌谣或淡黄色裙装，更像是
神谕般隐秘的时空衔接

一箭穿喉的黑狗总在潜逃
火焰在燃烧，宇宙露出白色骨头

赤脚喇嘛的头顶，一棵茂密大树
白色海螺吹奏光的号角

青鸾或一棵树，在弹奏
契合另一个灵魂的某种和弦

思考，如耳鸣

从抽象的事物上寻找意义
不善言辞的人找到了一个出口

深夜过于厚重用来拥抱脑中孩童
一只鹿的死因和一棵桃树的茂盛
内含世间悲伤，慈悲为怀

每一位年迈精神的母亲身边
都有一个神一样的人
在搀扶温煦的落日

双手合十，并具备所有美好祝福的语言
细雨落眉，也湿众生之心

路中央的小狗，被谁撞开了另一扇门
肉身温热，我没能牵住疾走的灵魂

焦急来自命的寂静
和生的喧嚣

路在转角
总能遇见一个昨天

一条将断未断的业绳

它在风的宝座上驱使如烟的仆人

我在自己的剧场，看一场表演
是谁在重复升降帷幕？它的形色
明时如苍穹，暗时如洞穴

倾听，后脑勺发出的一个重音
它轻盈如无，震颤如雪崩
从顶灌入的又都逆流而上

嗅出淡蓝色气体，是它浪潮的暗影
难以汹涌，却随处可寻
如雨水是天的纰漏

中庸的味蕾交出简单的酸甜
姣好的面容是一面修成的护盾
掩饰它的好恶与悲喜

肉身是繁茂的丛林，隐居者割据一方
游民遍布全身，常由它的命令
齐向，它所描绘的空中之花

“凡是要观待而成立的东西

都不是它的本质”

它在风的宝座上驱使如烟的仆人
一个个耳聪目明、唇红齿白

叶衣佛母

敞开大门，让光看见尘埃
忘记每个人的前尘
从放置好的石头上过河

蓝色之水倒淌的屋里
都是神的元素
说谜语的人只留下一盏灯

雨夜空旷，绿色叶子
未成为华服前，是青色果实
滴落的波浪

收藏耳朵忽略的声音
读起重叠字符
这远古的外来音

缝制生命与健康的华服
大于声音的我在声音里驯服
五指亮出你的日月星辰

让雨水抹去脚印
这是一次不必往返的长途

因为爱，不忍窃喜

字符在舌尖
唤醒，每一种可能

我看到的都是你
我看到的都不是你

凤凰山

总在第一个上坡的拐角
找到一个季节的各种形色
瞬息而过的路段
不刻意制造人世惊叹
静观与它交集的每个时速

那么快，却又仿佛留下了些什么
就像春天路过的那场风
几乎修补了岁时恒常的缺口
身口意画下完整圆圈
心生花瓣，也生未来之虚景

奔走于山脉，高天阔地
却绕不过自我的绳索
看见与看不见成为新的障碍
完美或只是残缺的认知
有无挂碍，都要以自己的局限认真失去

无形风暴给生命添加调剂
消失之物尽是所取之物
云朵聚散无常，虚空不曾增减

而山脉如一枚永恒之物
这是我所珍视的心动之处
它不属于现实范畴

澜沧江源

翻过查拉山口，一匹独狼与一只喜鹊
同样附有好的寓意，它背对我们跑向旷野
落日为它镀上金色斗篷

穿过澜沧江隧道，仿佛穿越到某个清晨
日光洒在背水姑娘的水桶里，笑容熠熠
祝词与雷声响在十一月的婚房
长者向上的手掌盛着雪中的火焰
懵懂的青春与爱情，无惧无阻

多好啊，简单而勇敢
垭口的风马成群地落在山顶
雪莲花独爱在风雪中

似乎又听到晨曦的踏雪声
穿过心谷，炉火正旺
火焰和红润面颊

江河回流成众多溪水，回到一滴活水
起始的奔涌之心。暮色渐浓
时而的沉默如仙人之手
伸出了相同的空

童谣

河口的草滩并不大
裸身的孩子背对阳光
“太阳快快出来，我和蚂蚁在颤抖”

光脚贴着鹅卵石，摇晃的热力
如初学步履的孩童

把彩云喊下来，剪河流的缎子
用小鱼的嘴叼起小石头
憋气就能长出长长的鳃

一条起跳的鱼
在陆地上套太阳金黄的胡须
御风雨之身，学一棵树的秉性
静默伫立，挤出沙子里的水

照着山脉建一座村落
照着牧人做一只牧羊犬
照着双腿修一条长路

追着自己
学一个
从不疲惫的影子

藏历小年

以相同的愿景抵达了彼此
站在时间里，成为时间的一部分

彩色颜料绘成三条大江
绿松石的心境去抵达雪山
红玛瑙浓重的火焰在两岸燃烧
一次没有灰烬的照亮

音律来自远古的英雄
那些旧居时光之外的声音
齐声咏唱，万马从天空奔涌而下
每个人在撼动忘我的姿势

时光之手掀起幼年的事
幼小的牛犊和羔羊
山脉是一轮太阳的微笑
麦穗与河谷是月亮的歌

何为忧伤？
星辰在晨曦间隐隐闪烁
我们踌躇在时光的迷雾中

暮色如火如尘

一座西北小镇，我曾长于此
转身的距离，次次快于惊现的改变

夏日薄暮，沿着山尖渐浓
重塑的佛塔有凝重的背景
沿途鲜花争艳，转塔的人三三两两
阿妈沿路更换一棵棵树根
搀扶年岁的不适

用鲜艳的事物传达心意
无从表达时，清洗鞋袜和双手
给生命另加一项备注

虫鸣间断隐现于世
暮色如火如尘

独坐雨后阳台

山顶青灰色信号塔，遥对
被云层围拢的月光，仿佛是
与时空的一次密谋

少年攥紧手里的花草，浅浅微笑
仿佛沉默是未开发的宝石
诱人的光亮，深埋在地底

记忆在迁徙的途中磕绊点亮
继而又熄灭。挂在屋檐的雨滴
时而落在《百年孤独》的边角
黑陶罐三个小黑孔，桑烟缕缕

在金色菊花簇拥的阳台上
没过屋檐，就散无踪迹

影子在舞动

地壳晃动时，拴不住一盏油灯
所以把窗开到最大
欲飞的翅膀带有血色，你只是吸气
寒气打破十月的高原，雪色纯白

折叠的云层里太阳在隐身
大块漂移，生命随着起落
交出一张脸，目视运气的攀爬
划痕处有内脏的血迹

谁也没有把自己交出去
交给预测的镰刀，灵魂是无法收割的风
等到，诸神的声音从垭口经过
影子与经幡一起飞舞

据说，那时大雪漫过山脉

对父性阳刚之刹那的贪念
选择仰面落在汪洋的浮力上

随自身的相续
一声啼哭把太阳喊到头顶

哭声不能远走于天下
转身投向母亲的长夜

月下浮现摇曳的灯盏
再生面孔，无从隐去

时间不知从何起，只是在大雪之上
只是在风驻足的山里，炊烟缭绕

鹿皮防潮的草地，一群蠕虫在繁衍
守夜的獒犬和咀嚼旧草的牦牛

黑帐篷顶上繁星点点
来自另一个幼童
童言的乳名

“阿娇”
火塘边的暖
梦中咯咯的笑

那时，我父母还没有
把每个孩子的具体生辰
记下来的观念

现在也没有

晚霞色

门板上蹭破拳头的男孩，眼里全是火
我们并列把双手举过头顶，太阳在下雨
一座平缓的山坡，十一岁的骨骼
略显高于预想的分寸

偷亲额发的男孩，面颊上的红太阳
坚定地燃烧，草木皆是飞翔的小鸟
又无辜下沉，转眼从一条土石路上
风一样，跑向石墙内部

落满母语字母的纸张，被一条河流点燃
返回故土的灵童，生命最初的透明
和传递声音的人，一同看向街角的虚无
稚嫩的光在双目中羞涩地躲闪

那些在朝阳中燃烧的火苗
统一走向不同的山脉
被夏日拒绝日落的高处
统一披上了晚霞色衣裳

它们轻轻拂起
我又一次回到了童年

一个老人的到访

推开从不紧锁的大门
老人走进悠闲的午后
与我的父母，像三条熟悉的老街
驾着语言的骏马，穿梭到一百公里外的村庄

窄道上荨麻草齐腰
一条猛犬在空院落
叫出醇厚的吠声
我再一次返回到时间的入口

一座新庄园拔地而起
记忆中的青色石墙
阳光从木头门窗进出
那唤醒的和加固的

坚守的人撸起双袖
日升计算时间的等价
阳光或绵或烫
空间在收缩它外部的空荡

指着老房子
指着一滴精血生根的足迹

老人们给装点记忆的人
竖起大拇指，一阵阵长风
在六扇窗户间来回荡漾
缓慢却并不迟疑

他能指的住所
在向东三公里处的
一家敬老院

母亲的新牙

母亲上牙剩三颗，下牙剩六颗
其余空荡的牙床，胜似退耕的田埂
被雨水风暴的冲击而裸露出的脆弱
带着自然的塌陷和折痕
时间早已磨走了种子的硬度和棱角

她坐在牙科预约厅的角落
时而觉得年岁太大，死神已等在肩头
怕新假牙没有时间实现它的价值
时而打盹，这过分的宁静
像一条正在消失的河流
在为你备足凝视它仅剩的时间

我捂住斑驳又冰凉的手
这个世界最柔软的中心

她说明年自己七十七，父亲八十
跳跃的这一年，简单的希求

我若要到这个岁数，也必定需要
像他们一样的，质朴与良善

三个一

先选择向上的动力，再爬一座山
再把众人胯下的栏杆，绕过去

被木头牵制的路上一块老骨头
只为燃起记忆里的光，气喘吁吁

无数人带走了无数个风
最后的人属于最后的木马

看山顶的云，再成为一个传说的领收者
手持弓箭、长矛或月光的人
刻画他的样貌和性情，在纸张上
在四处滴漏的风上

像鹞，像雕，像狼，爱上他
遗忘他，问起他
每个人都能确切地说得出他

一个昵称

像朽木，像金刚石
放弃对肉身的中立定义

冷空气咖啡馆，供出了自己的膝盖
弯曲的热力，潮湿的面孔和声音
交织成困意的罗网

翘首挺胸的都像是刚落地的天使
一踏进人间，冒着淡淡的青烟

火烧到脑部，牛头马面和你交换面孔
交换背影，夺门而去的是两块黑铁

雨水交出火的病体，燃烧的灰躲到云层上哭泣
庞然之物徒有一颗空心，面目冷清

迎面与我相撞的
是我一生都在追赶的
一个昵称

心的画卷

简单的语言指向一方
在月亮高挂的方位
存在愿望成形的居所
它的美不同于尘世珍宝
放下记忆，只储存一个信息

破除岩石障碍，雪花和白雾
逝者呼出的最后一口气
他们踏遍缚身的版图，亲见一双眼
以悲铸成随时可以脱落的金箔

以祖屋和它深秋的金黄色
落叶之心，叠加苍茫
听得见的消失都是珍爱过的
遥远又虚幻

一朵花和它之上的愿景
所感之美在于一个动词的形而上
心如天河，以词语构建晶莹漩涡
又幻灭于晶莹本身

一个梦

书写一个梦
却没有足够的骨头
万事缺血的样子
是一场苍茫的雪
爱笑的人都羞于表达自己
隐藏泪水和光刺
叙述十六岁的珍贵
话说到一半，未曾见过的人
各种模样，是寂静
细雨、鸿沟
世事匆忙，来不及仔细
源于走神，把来路走了一遍
天空无限，天边挂了新月牙
山脉可以信任，山门上了铁锁
不安镶上夜幕的沉稳
神骏和受限的疆域
归还给山神
到风中听风言
留下耳朵
跳出这一个梦

阳光在你的右侧或左侧

阳光在你的右侧或左侧
形容被光修长的影子
笑声掩盖心的哽咽
说过多的期许如昙花

你看到人们在阳光下举杯
触须敏锐，猜测万物去向
发烫的心和温热的眼泪
是矛盾所在

生活，百分之七十的现实
和百分之三十的虚妄
成为日子的新病和旧疾

烦恼与空门之间
是一座山的距离
树叶在无风时遁入树身

此时是另一个风暴
千里路，没有快马
放大万物形骸

眼睛流出
一把火和它同等的灰烬
你忘记了一个梦

让时间永恒

看似无的障碍物
像是从心底漏到了脚底
“差点向你磕了个头”

万物似有隐形的圣衣
紧要时展露它的禀赋
或闲置的用意

我们终于在一碗茶水里
交代各自的深渊与疲惫
像两个陌生的天坑

恰巧被自然的魔术师
催化出一条幽深的泉源
又在一口空碗的底座上展露出天宇

有胆的，让心裸着穿过众神的目视
被迁出的地方，放一颗烧红的石头
从暮色走来的人，是日出就等的人

敞开大门
让时间永恒

一百零八个耳朵

突然云层叠加，一面乾坤
在大地所不及的上空旋转
我站在一场音律中
想要抓紧每一个音调的走向

它们向上而去，一群狂奔的骏马
踩着树梢的风，只有雨水俯身而下
只有采摘的寂静，在领受天的语言

我戴着聋子的无声，擦亮了声音的一面
像是从壁画走出的形体，未成形的后背
裸出五脏的柔弱

迎面投来的目光，绕道而来的阳光
那又是谁的美好，又和谁有关
踏出水珠的饱满与透明

在山的空路上留下水的脚印
向相反的方向展开目中的潮湿
同时获取了一道全新的彩虹

一座可以通向古人的桥
在弹奏一百零八个耳朵

你在远方向我招手

身披最轻衣裳，赤脚赤手
到原野中显露自己的贫瘠
每刹那都能听到新的声音

马路在静态的抖动中
展出大鹏的翅膀
光出膀子晒出五月黄昏的热量
远近是一条海拔的平均线

夏天的距离碾出两条脚印
有人造月，有人挖井
天空具备一个大屋顶

聋子挖走金子的血
草木闪耀之下的枯骨
舞蹈天性，新生或毁灭
在于一条河流换取了什么

一块金子，有人镀金佛
有人造匕首

世界的喉咙与白色棉签
这是一个静默等待的因果

你在远方向我招手

我不记得他是谁

我不记得他是谁
送我七八颗绿松石的人
从胸侧掏出的掌心里
一个个墨绿色石头

一场梦的时间
他仿佛从神台走到了市井
他已送走了大半辈子
生活的湖面有大片的流云
我是唯一的观赏者
耳边的低语太过于真实
以至于都已遗忘

戴走那枚指环吧！
梦里做梦，都可以不作数

爬上那个缓坡，风雪在低头中迁徙
雨水并没能划开深夜的喉咙
避开耳膜，沉默中呐喊

去建一座新屋吧！
灶台与石床连在一起

石子路一直延伸到山顶
仅剩的食物都被狗叼去

对于匮乏，我们相视而笑
我不记得他是谁

雪的誓言

误入密集坟茔，往生之阶梯
在山的腹部向上延伸，春光乍暖
温热从后背冒出大地的血液
路边枯枝伸向新的绿意
穿过一群人的长眠
一只昆虫跳出了自己的梦境
活着的泪水只为离别而流
没有人能够说出心的终点
我们可以坠入一座山谷
那里四季有雪
谷口石堆和褪色的风马旗
禅定者入坐的空山头
山雀叼着天空的米粒
白色帐篷和终年的风
远去的骏马和迁徙的牧场
我们如三时的颗粒被风吹落
我们以漫长的冒险之心
去兑现雪的誓言：十万个坛城
十万次皈依、十万次匍匐
十万次忏悔

虚构之花

不能用线条勾勒的
像一条河流流经寂静的峡谷
两岸傲视的岩石，无用的垂感
立在流水里刻画奔涌

心灵放在思辨之上
还耳朵禁言的舌头

火可以点在山顶
风随意经过身下的黑
双手合拢，留出空心
放下自我的偏见

食欲带着火的执念
生命与痛感并行
夜里给予的逆耳之语
晨间垒砌足够的石头和咒语

穿过还未建造的花园
说尽时间表演的不确定
不断虚化硕大的阳光
和看得见的烟火

倘若
明天少了那虚构之花
我徒有一双
疾走心魔的脚

念经措

高原上有多少老阿妈
就有多少湛蓝如琉璃般的
大小湖泊

高原上有多少传说
就有多少黄金牛马龙塔
藏在湖心

湖泊群犹如星辰
那么多呈现轮回的镜子

我不能打捞倒置的云朵
它们镶在镜中的时限久远
救走溺水的翅膀上岸

湖水片刻如眼底的一颗泪
在崇山间，偶有水鸟滑响时光的骨头
东边太阳，西边阴雨

班禅大师故居

隧道终止时，大山就退到了远处
风尘的内里亮着一座白塔。一只喜鹊
先于目光抵达金色屋顶，两只鹿
保持千年之前的坐姿

太阳暗红色灯盏，跟了一路
它可以点在任何地方
逆光使向阳的轮廓更加清晰
谈笑中的智者，变回到一尊铜像

木门层层敞开，走廊的一头是阳光
另一头也是，有人在光阴中来回穿梭
淡黄色的光晕，洋洋洒洒
一只猫的恍惚，偌大的空院子

蹲在大门边，计算年轮失去的脚掌
一缕微风，吹拂额间的发丝
恍若有谁，把宽大的衣袖荡在右侧
匆匆归来

在玉树，看月食

月亮被天敌吞食
神拂动斧头，人们敲锣打鼓
篝火、狗吠、咏诵
大地的声势，解救罹难的光

转经路上，石头如火
乞讨的孩子，聚拢悲心
弓背的老人，衡量天地

黑魔划开喉咙，光
再一次重生

人们把月亮叫达哇
——地球的护星

石头的脂肪

红黑绿青紫
石头带着雨的气息

静待画师的笔尖赋予它单一的灵魂
在藏医指尖的脉搏里细微地流淌

石刻师放下手臂，站在风中
剔出的石头成为风的影子
随风而舞

骨头有多老，石头就有多老
未雕琢的声音，一个脚掌的距离
指着奶白色石块：
石头的脂肪

黑帐篷顶上，几十亿年的阳光
—— 一颗崭新的朱砂痣

赛沃措

一碗墨绿色净水碗
盛满一座雪山的乳汁

大自然显现的和善
一只土拨鼠卸下所有防备
它仰望的样子
像个吃惯了糖果的孩子

细雨从江嘉多德神山而来
缭绕山顶的云雾时散时聚
仰面而立，让雨水滴在心的容器里
一条小溪，流经生命的每一条折痕

与湖面对饮静默，砌一座时间之塔
每块石头都保持着自己的模样
与一对羊角弯曲着伫立在时间之上

海拔四千六百米的形色
一碗墨绿色净水碗
被神灵之手高高地捧在手心里
静谧、辽远

江源丹霞地貌

古人飞升，留下偌大的宝库
山神乱晃的棍子击倒猎人
难闻的哀嚎来自北边的牛角
月光面容，布满血色的眼

几亿年沉睡的岩石，几百年后
在一声令中苏醒，预言在流动的血脉里
时沉时浮。古老色面纱
在光的未来，交出血肉的虚无

石墙沿着树梢生长，一只猛兽
活在狭小的指缝里，人们缴械武器
手臂摆出动人的漩涡，供养鲜花
金色蝴蝶困在镜中

铁的冰雹，一枚黑色遗留物
天石遍布一个人的记忆
山脉生锈的暗红色，捂在胸口
被驱除的邪魔化作烟云

空置山顶的自生石头灶
火苗的化石，燃起了山石之心

用险情的步调，穿过荆棘
拧一拧，魔法之手编织的石链

兽被升华的人的返璞
被一根骨刺弯下天的身躯
空荡的岩层上一只天鸟的离群
和一株向阳的枯草

河流携带暗红色泥沙
沉淀缥缈的红。我用一身的黑
穿过一个人的温婉拘束
内心再次掀起了风的流苏

矢车菊

矢车菊长在必经的山路边
高原午后的蓝绽放出新意
“白是白天，黑是黑天”

蓝是震慑与力量
每片花瓣都在向外扩音
紧绕成一颗星球的环形

续杯的茶水在空杯子里钻井
木桌椅，免费茶水，一口敞开的大锅
众多热心，向上放生水蒸气

矢车菊随风摇曳无粉黛的身子
匍匐之人，要把粮食带到下一世

一个并不快乐的造福者
早早走向了另一个世界

躲过天眼的女子，在超现实的路上急驰
剔透的墙面上寻找不实之物

矢车菊经过一个人的内心

它被向上的掌心高高举起

直到布满虚空
直到化为虚无

巴格玛尼石经墙

转一圈，多了颗白色小石子
转两圈，昨夜之梦重现
像无形的屏障，隔着日月

明日陷入想象泥潭
石经墙还原成永恒之光

热爱每一束光，蓄积力量
找到后退的勇气
“纯粹”是一种执念

石头线条里，流淌着慈悲魔法
有人叫卖咒语，有人换取心愿

每一步都像尽头，回眸即轮回

向落日举起红色石头
手心有沉甸之空有
细雨似应答，鼠兔与石缝
抵达各自的有限

目光深处有长路，老人健步

灵魂牵着药物的麻痹体

日光在溶解长夜之帐
天空是一面多变的大镜子

阴云聚散，一念即闪电
暴雨过后是漫长的沉寂

石经墙是另一个时间
我们一直走在其中
——不提及尽头

南柯拉姆

白塔旁的树荫处休憩
高空无云也无风
枝干形如老去的骨头

百岁木门，流动的画面
里头，并未走出一个弯腰抬头的人

本是静谧的角落，突然涌动起来
头戴彩色宝石的女子，一个又一个
“那么多仙女”，来自四川毛儿盖
盛开的太阳花。她们消失得突然

声色在光的页面书写颂词
音律齐声，像是另一个时空的合奏
从菩提树的方向传过来

双手合十

因为太入迷，口吐莲花的声调
一遍遍清洗昨夜的雨水，云层太低
随手扯下任意一块，捂在胸口
所有可轻的都在向内散开

因为一种色调的庄严，我默默退到墙角
又闷头闯入它的内部，子宫的布局
隔开“我”，也隔开了喧嚣与杂染
我用光的尺寸拨开它的寂静

因为太过于心安，把头低向草丛
轻抠语言蕴含的谜，时光钥匙
悬浮在一块史前的头骨上，抬眼处
大道在展露出自身的宽广

缓坡上的母亲
被路人相继搀扶
她双手合十

刻玛尼石的人

石头一落地，阳光下直立的身子
裹紧黝黑的藏袍，阳光挡在手背
嘴里含着一根鲜草，目光清澈而简单
如一头啃草的牦牛

石头越来越多
石头越来越软
石头诵出心咒

背石头的人像尊神
虔诚地倒腾双手的技艺
仿佛在建造隐形的阶梯
众生都可以拾级而上

火焰

建筑群披着几何的棱角
远处的日月，拐角的琉璃
近处的金顶，我在城市的阴面
窥视一层雾

苹果或许该长在地上
排成一列，三个一组
都是清一色，不分先后
木头扛着信奉的事

天空渐白，背袋装满谷物
去最远的从前——
看见，被梦境定格的亲人
都有光怪的翅膀，他们
飞离山顶，化成了火焰

郎木寺

山中的寺庙，被阳光托举着
摘下帽子、墨镜和所有遮蔽光源的物体
在殿前的台阶边，默默走神

一只病猫，在大门前的空地上
走向我，低头不语，认领一种必然的相遇
看它，像是被死神舔舐过的结痂
看它，像是兑现一种等待的抚慰
看它，像是来检验我的谁的化身

一声清脆的塔铃
像一句应答，错过的
必然，不会在原处等我

护身符

他像个战败的士兵，凌乱的衣领里
取出护身符：
“都骗我，它没有保护我”

倾泻的光线下，透明的都藏起了影子
泪珠在地上摊开自己的形状

一只蚂蚁拖着一大麦粒，流浪狗一直趴在门口
飞到另一棵树上的喜鹊，还会再飞回来

母亲搂着骨血和骨血深处的雪水
待泥沙下沉，目光清澈

他向一缕光，伸出手心
却并不确定要抓到些什么

神授艺人

那里有冰川和湖泊，我从没去过
焚烧经卷的年代，他潜逃于山洞
虔心禅修，了悟前世的印章
头盖骨上的马蹄印
“我的王，迷途的青蛙在您的马蹄下叩首
慈悲的王，赐予我
生生世世的神意”

他寿终，湖心闪现
一只青蛙昂首的小冰川
目击的老者，深信
神谕的大地，弦月高照

路过一个故事的开端，更多棕红色的面孔
像是从太阳里走出来的了民
倒映在每一座山岗上

更多的时候，我们在故事里
掩面流泪

德格甲布

德格甲布（德格王），不只是一个名词
一九五几年，四户人家叛逃的故土
横穿几座山水之间的法网，夜幕下
追赶人马在梦中血祭黄泉

德格甲布——
四户人家一生的忏悔经

老尼姑的讲述里有太多的英雄
有太多死去的人，有零星转世的亲人
谁也不认得谁，谁也没离开谁

刀剑生锈，黄土湮灭一场场厮杀
一代代子嗣归入佛门
“清洗祖上的血迹”

晃荡的车窗内，她欲言又止
故乡，像一条绿龙
静卧在狭长的山谷间

她的忏悔并不是来自
后继无人

两块石头，一个对角

她把委屈泼洒在医院走廊的长凳上
用尽力气让棉絮滴出钉子的声响
独自承受疾病的老人
来回跑，成为心的病症

前后是一条长龙，或是一条蛇的阴冷
我夹在其中。一群逃命的企鹅
笨拙地走向过长的海岸线
雷电和阴云正在渗透自身的防线

我跨过自己，穿过了立起的愤怒
坐在她身侧。许多年前，在某学校
也有一个人，陪着众目下受训的我
两块不曾有过交集的石头
站立成一个对角

身后那把铜铸的智慧之剑
也亮出了金子的光

大雪还没降至大地

大雪还没降至大地，截取一半旧事
庙宇都坐落在山顶，送别的人像一棵棵青松
在石缝里长生不老，在石缝里迎着风雪
迷醉时，赦免人间情爱

青稞发酵，麦子在春天的眉头垂目，饮下
盛大的云朵和雷声，仰望神灵，看见雪的白
打开肉身，白莲般迎合水的激荡
重现含混的画面，预见或记忆

泪如泉涌，谁在呼喊我的乳名
一片雪花迎面而来

大雪还没降至大地

雪地

被一场大雪
覆盖自己的骨头
欢而不喜

三四个红色人影，三四根细长木棒
掸下藏毯中寄居的旧年尘埃
在雪地上，像骨像筋

这并不醒目的灰色图案
像极了一座监牢

天地白茫茫

雪化成了水

“我有骨血的斗篷，或者是骄傲的事”

用虚拟的时针量身
做了一颗不合身的心

口吐冰块，磨刀石
无力计较时，用力锁门

白昼，一寸寸地复活
次序中避让内心的纷扰

火焰把光刻在石上
夜把黑暗画在水中

雪花，落在眉梢
瞬间化成了水滴

一滴水，却不足以谈论
一场意外的雪

雪天织花

端出自己的五色谷物
摆弄指间的金色大地和七座山脉
两肘间堆出了看不见的高山

去熟识某种存在
像雪浪掀起的流动路面
像他在一盘山的底座上
编织多重的花

红艳果子，握在手心
空布袋驮着白茫茫的天
再回首，目送的人还在小巷深处

雪以棱角画出了自己的声音
听轻柔的悦意，随呼吸在荡
群鸽又一次滑走了头顶的空

清扫车来回清扫清晨与黄昏
我从梦里，拎出自己的新鞋

异物

高过头颅的右手攥紧的失误
几幅唐卡摆位时的分别念
或是一颗铁钉的生硬

它使出了水火秉性
倒躺在左眼里
胜似右眼里跳水的那只飞虫
满眼通红——

另一个事实。舌尖对石头的温柔
胜过没有核心情绪的泪目

她们把咒语循环出环形
使眼目淌出崩溃的石头

做客

端出一个村落的轮廓与变迁
岁时里的树杈与月光

一个茶壶，喝不尽的酥油茶
未嚼尽的风干牛肉，像是冬季的一场风雪里
那头失去踪迹的牦牛，她在一碗茶水中低语

天空无边，向阳的金色花朵
聚首的草木，为自己腾出细密的空间

那些长久遗忘的面孔
那些失去怒吼的血管

哦。呼吸那么轻

圣洁的树木披着尘世的绿

向一块石头叩拜，也向一座山峰顶礼
在高原，简单滑落每一滴泪

有人为自己的身份对视苍穹
苍穹又高又远，一座山不能诠释
逐日的苦难，一片天可以覆盖
一块地，草木持有疑虑的脸

相同的纸张发出不同的噪声
隔着机械和审视，喑哑的
抽泣的又举目浅笑

更多的秃鹫返回天葬台
过场的新娘缺一个母亲
亲人的眼泪和暴雨
都流向低处

秋风里善待误闯的冬雪
圣洁的树木披着尘世的绿

时光是一块木头

时光是一块木头，却没有雕琢成喜悦的脸
曾经懵懂的少年，荒芜中依旧璀璨
声线如丝，丝如上天的抛物线
我该说点什么？生命的轨迹不适合
谈论焦点，或写一封长信
说一些无关紧要的事
落笔处也应该镶嵌点什么
比如一支舞，从头学起
一把椅子，端放在人生的起点
一条街切成片段，抽取雨中的摇曳
不去揣测，冷艳的背影都经受了多少霜
一棵树、一座庙、一片天
重新熟悉，装点空白处的神圣
重新练习语言，不再构建画面
让词语燃烧，又将之
归于灰烬

四月阳光

阳光正好，适合生长的植物
都从土层里探头，俯身向低处蹲下
履行对生命的虔诚，浅灰色的墙面上
有棱角分明的木牌，谈论阳光
谈论爱，谈论神性的赐予

说到，极速的声音像闪电般穿过耳膜
文字的阑尾陷于无用之地时
我看到一只蚂蚁
从众人围绕的木桌上潜行
缓缓一生，仿佛
就此最负累

听见绽放

记忆的样貌在夜的缝隙里
陆续坠落，生命没有完整的碎片
重复砌墙造屋，种田浇花
似乎是一场唯美的虚构

穿过荆棘与泥水，高山深处独遇神兽
攻下被神明预言之前的混沌，孑然一身
走向命定的朝暮，万物寂静无声

前世的风吹奏灵与魂的契合，时速起伏
预测死亡的呼吸，我听见生命
听见爱，听见来世的花
在夜间绽放

一种蓝，在流年里

一瞬间，像被一种蓝召唤
在万丈高空找寻你指的存在
越过的不止尘埃与烟雾，还有恰逢的流年

蓝是天空的蓝，就在你抬头的殿堂上方
清洗的容颜，守在意向的镜头里老去

谁的去向不明不白，像我头顶的灰白
鹰绝迹的天空，满地是饥渴的鼠类

我想要的广阔，只够一匹马的驻足
瞥不见的远，陷于前世与后世的猜想

一面湖水

忍住眼泪，忍住时空的错综沟壑
在历史的反复交汇中，提炼一壶酒
想象一匹骏马错失的白色湖泊
等风的人，在山脉上继续老去
想象一位圣人历经的梵音传唱
阳光叩响远方城门，不问去处
一声银铃般的声丝穿过河谷
心声无痕，饮水的人
眼里藏着一面湖水

一枝桃花

八里庄，路遇一枝折断的桃花
有人建议放在门前的明暗中
随夜色通透命中的指向
满怀桃园的哈族男子
虔诚地，把它举向了神明

他脸上的小酒窝，有种
被地域磨炼过的风霜

本能

我在城市里，闻到远处的水沟、垃圾
轻微的小味道、浓烈的汗味
为此打喷嚏、流鼻涕
医生诊断过敏性鼻炎
阿妈来自高原，她能分辨水的味道
空气的颜色，她断言
灵敏的感官是
尚存的本能

蓝色长廊

人间的长队总在医院的长廊
单色签证，积聚凝重的烟火
一扇蓝色大门，只通行亲情
人的背影，单薄就生疼
琐碎的事在肠胃里溃疡
消化不良的黏液，粘黏铁饭碗
突然想把人间的密码，都记下来
放在他的烟盒里

云朵

易生的植物送给美好的人，臆测的花
是满山的格桑花，阳光照耀
歌声穿过草木，被多情介入的土地
鲜亮的，隐痛的，密集中生长
有人把云朵的白献给爱慕的人
并指出，轻的部分是酸甜

我们是亲人

他有时像修辞，在生活的空隙里安命
有时像温热的炉火，安抚跳跃的幽冥

有时在虚拟的隧道里
双手遮蔽自己的另一面

我不能窥探之灵魂
也不能使之下坠

我们是亲人

树

看一棵树，看它身后的天空
无限广阔，看夕阳对永恒的保留
看它枝干间的纹路，纹路里荡起的波浪
一阵阵，果实蓄藏自由的风，暮霭向晚
关乎收割的事，大地并无荒凉
雀声绵绵，确切地说
一棵树与一个看客
既无别离也无真正的相逢

转经筒

母亲要把历经百年的转经筒留给我
这百年的磨损，像是雨水里藏着火焰
在温润的手心，滴滴变成
隐秘的通道，去遇见另一个
或两个，生灭的见证者
镶嵌的玛瑙和绿松石掉了两颗
偏黄的质地确定是银质的褪色
她说，能修复的修复完再给我
像是给褪色的时钟
挂上崭新的时间
却没有把握，能否
刻度好轮回的玄机

千年菩提树

大树覆盖整面崖壁，一块竖起的绿毯
和头顶的高原蓝，色彩波澜无噪杂
青涩小果子，体内蕴藏着风
一碰触就摇晃，或重合于心的起落
落叶把绿意别在命里，与尘一色
蹲下或躬身都是在局促的肉身里
环顾，时光的不等式
一只佛手，伸向岩石
与之千年的修行
要把里头的菩萨请出来

卡瓦格博

爱雪山，爱它的神性与静默
爱它未掀开的白色面纱
爱是等待，等待兑现或被兑现

清晨，风一遍遍地擦拭我
像一条河，从左向右
从一滴到无数滴，每一滴
都载着完整的流淌

笑容率真的诗人，“卡瓦格博的嫡子”
邀约来年，平铺骄傲与野性

山间一道彩虹，每个人
攒紧了那一闪而过的默契

巴拉格宗大峡谷

像被快刀切割的山脉，晚霞使它的两面
披上了金色铠甲与黑色裙裾
河流是随意掉落的银腰带
在大地弯曲的耳根边流淌

山岩攀爬的迎亲人
肉身轻逸，风吹着摇晃的魂
谷里迎来了花一样的新娘

我们行走在栈道上，探测脚下的深渊
或意外的坠落，死亡来不及繁殖恐惧

意欲冲破漂浮在事物侧面的空荡感
在玻璃栈道上固定云朵，拧紧水滴
白云又轻又白

同乐寨

它在半山腰的阴雨里，高于对岸的山坡
和山坡上的观景台，貌似林中的黑蘑菇
湿淋淋的。酒歌与细雨的舞池
一圈又一圈，背影鲜亮
静观的小男孩，晃动头上羽毛
沉默不语。想起一只小羊
在西藏的大昭寺
也从不对无关的人
说过一句话

我们都是被死亡教育过的人

后来的惊醒都跟梦无关
大地晃动时最先奔向自己的亲人
看他的慌张和速度，谁先抵达

看一匹黑马在静止的黑里
吞下所有时速，冲破耳边的嘶嘶声
绕大地一圈，再把自己圈进无边的循环

我们终于可以孑然一身
一同走向空旷的夜色
再把生命的答案说给时间听

是曙光，是暗夜
任万物的频率去跳动自己的脉搏
我们都是被死亡教育过的人

青海湖

“青海湖里的金鱼多
金鱼的双目靠湖水调养”

一条金鱼在石头里泛着金光
一条金鱼在月色下明目圆润
一条金鱼不能跳上岸流泪
一条金鱼是一面湖

牧人传唱童谣里的浪
浪花一遍遍抚摸岸边卵石
水的悲伤没有伤口

天空是一面镜子
不提供肉体出口

白鸥群飞，都不飞向自己
齐刷刷的白，与天空一色

再走一百里

再走一百里，就可以穿过祁连山
连绵雪山，蓝天碧云

草木披着金袍
雄鹰空旋在高空
一只银狐默默走向旷野

举起目光的人
立在自己的边界
前路白茫茫

一只飞鸟奋力穿过逆风
像是要把虚空引向它的边际

一匹黑马

一匹黑马在湖边奔跑
一公里，万尘起落的心念
和掀起的无数小宇宙
是风擦过手心的速度

倘若它对奔跑的希求胜于
对那匹白马的好奇
它就可以一直跑到海心山

哈尔盖

哈尔盖车站，是通向湖边的一条小道
哈尔盖大桥长达三十米
被一辆大型重车的呼啸声覆盖而过

哈尔盖是一座小镇
青海湖畔的一个小指甲盖
它在一张路牌上
略微羞涩地看我犹豫不前

大美草原牧场

像一只青灰色水鸟落在湖边
内脏富饶，些许花树开出花朵
主人笑颜大方，备足了
临东的窗户与安稳，偌大的客栈
一个人的空旷。一枝塑料玫瑰
相似于装饰的爱情
经久无味地艳丽

牧草金黄，冰湖连天
勤劳之手在夜幕里不停摆阵
电火衔接的吵闹声，持续到深夜

若不是湖面日出，准时升起
那个神游于沙尘呼啸里的蒙面人
在一处沙漠客栈里
假装英勇，入木三分

刚察县

经幡拥有风声，岩石拥有内脏
天空拥有鸟的双翅

错开环形马路，仙女湾一直通到天上
我掉头返回人间，那么匆忙

牧草遍地点头，扩充领土
牧人打开湖的另一侧门
牛羊成群

金鱼跃出湖面，水鸟双飞
不论南北

那一片淡蓝色空白
望着望着就溢满了

西海镇

午后静谧，房间开在落日的方向
山脉披着白雪，向西延伸
车辆在远处的山路上缓缓移动

如此空旷，阳光无遮无挡
热浪涌向敞开的窗玻璃
需要消解的庸常和惯性
以陌生的穿透力量
去打破或重塑

光并不介意它的走向
时针只顺着自己的方向

日落。一个魂灵对世间的庄重倾听
被火考究的声响，一滴穿石

在天地间折身，折出
一个人对万物倾其火焰后的暗影

收起携带的碎银，与夜幕争先
又返回到刚要逃离的那座城

晚霞一直在雪山上炼就金子

青海湖看日落

人群四散，活跃的激情与鲜活
圈进夜的房屋，狼毒花稀疏盛装
风向已定，披着夜幕的身影，向西而立

夜色渐浓，四处起伏生命的形态
蛙声、鸟叫、虫鸣，和心率里
摆手的浪花，仿佛是一种爱的契合
附有了神意

水珠落进手掌，孤单而咸涩
却不及无端流下的泪水，鱼虾在朝圣
湖边的人，盘腿静默
捻出未出征的爱神
和终要老去的人

一层赤红的晚霞
挂在天边
不近也不远

雨水

雨水煽动一条鱼的死去
雨水没能走出自己的一生
雨水沉溺的街面
有人泣不成声，再往前
是一座星宿，被乱凑的痕迹
雨水无法填补一群人的空白

秤

老旧岁月的遗留物
一杆之上的虚空和须弥山

母亲一生都在用它称
细碎日子里磨出尘埃的古老心

等一个人

你给每一块石头涂抹色彩
你给每一块石头凿一颗心
等一个仰首看风的人

万物复苏，你等的人从未出世
万物消逝，你等的人从未离开

遇见，理塘

远方山高水长，少年披着霞光
湖中沐浴，大地裂开彩色缝隙
—— 一种启示

我奋力走向一面铜镜，遇见广袤的阳光
遇见游动的大草原，遇见前世路上
修来的精确路标

忍住世间所有情绪，触摸
芒康庄园，几世的莲池，几百年的火焰、泥沙
狮子奶，石头脚，金刚杵

在光的隧道里，一支燃烧的箭
射向红尘之外，神授诗人
腾空而去，顷刻
雨水汹涌，仙鹤飞舞
彩虹横跨在轮回的大地上

我忍住世间所有情绪，触摸
长青春科尔寺，千年古树、白海螺、黄色墙壁……
白塔公园，预留的上座、穿过时空的妙音

却又溢出这一世的悲喜

石头无法归还给石头

火色吉祥鸟，借用一双翅膀
俯瞰神鬼雕琢的山石，日出
彩云流淌，印染人间上升的河流

亚丁机场，人们纷纷倒向山谷
呼吸顿挫，世界最高的险情
在静默的头颅里奔腾

海子山，在石头的心尖
向天空笔直地生长
石头无法归还给石头

夏茹措，徜徉石头怀里
大地弯曲的静脉上
时速柔弱，泪光洁净

无数块石头，像随手撒落的珍珠
每一块石头都能显现海洋的群相
每一块石头都附有高地的灵力

生辰

用一首诗的厚度，把自己摞起来
摞在季节的色泽里
锁住秋水

用一首诗的长度，把自己爱一遍
从仙人掌到绿地球，妥善所有蜕变

用一首诗的高度，与自己温婉对视
彻悟一棵树，一粒尘
一块肋骨

看身上，下一场雪
点燃一世浅笑

轻一点

轻一点，不要把梦吵醒
另一个你，是另一条指向

一把钥匙，精巧的钥匙
再给自己找一把锁，挂在众多的锁中间
像装饰，又像谜底，拥护一种冒险
并把路走到尽头

或把自己分散在生长中
一节一节的，像竹节
把岁月成形于环状

轻一点，说出思念
轻一点，流下眼泪

2018 年世界杯

国足居家看电视
国人，激情高涨
每一扇门，都
胜似自家的门

有人搬出历史，笑容可疑
——1940 年，日喀则
一场球赛
西藏完胜英格兰

意淫的肾，来回穿插
汗盖的绿茵场

却插不到 1904 年的
江孜古城
白居寺

遍地横尸的
“英雄城”

日子折叠成花瓣

总把光线折在帘子后面
仿佛在避免一场盛宴
思想里好像有什么诟病
看得太认真，怕身体里跑出虫子

看着那盆枯死的植物
对生命，就像看一场舞剧
似懂非懂
包括一只蝴蝶撞向车辆
又好像被翅膀救走了风

拿着面孔注册的日子
灵魂在一堆纸张里发霉
阳光是火，把证明一一烧毁
就有足够的空间，醒着

简单地，把日子折叠成两半的花瓣
一半积满汗水
一半吐出芬芳

做他不朽的疆土

剥开土层，有绿草的呻吟
初生的挣扎，溶于雨露和阳光
大地顺着一道闪电，分娩姿色
惯于垂涎的人啊，该如何折叠习性

每个人都有一次风暴
陷于世人的计量，一粒沙
是一个战场，硝烟四起
肋骨断裂，却高昂着头颅
就像原野上被雷劈的树枝
无需谁来证明焦灼
把每一个天象划入生命的斟酌

爱一个人，爱一个独醒于朝暮里的人
与日月相似，不去惊扰谁的领土
像舍弃兵刃的王，举目慈悲
胸有成败，袒露战壕

而我，就做他不朽的疆土

不急着走出每一道弯

不急着躺在躯体下
药丸要穿过十二道弯，农夫除草的镰刀
也得有起落的间隙，不急着
见朝阳、送日暮
枝头的露珠，不急着生
也不急着死

狭路转弯的人，给光阴的宽窄施肥
预想的路面又有多少可以计较的转折
即便，身后百里空无一物
给每一道弯留下生命的侧影

初见的模样

在你的肌理里埋首，初始的疼痛
像被铁质的攻破，冷却怀里的呼吸
我陷在你掏出的原形里，无始无终
等待比毒药更具绝望的潜质，剧痛
划过风声，撩拨我的胸骨

回路，在你的指尖
而我，欢喜如翔舞的蝴蝶
而匍匐的宿命
是还未成就的飞翔

风又从你的魂体里流落
流进我空置的形体
我用你如缎的指法
把自己层层掰开
还原，初见的模样

致歉

低头向文字致歉，笔迹附有墨绿色生命
大千世界几近鲜明透亮
遣词的风暴，向上或向下
向内抵达的路途群山逶迤

低头向大地致歉，耕种铁链
疯长自由的呼啸，肢体谴责影子的诚实
向东而东，向西而西，灵魂四处碰壁
吞噬知性的暴力

低头向自己致歉，重复地
把手伸向头顶，仿佛
一顶隐形的帽子悬在半空
悬在神明的路径，极力地
消遣承载落地的力量

看藏历春晚录制

咳嗽，咽喉肿痛，头疼发热
满脸热带雨林，天象滞后
有人预计人工降雪的日子
大型剧场节目预备，先验明真身
人们哗然一声，扒走一层外衣
露出万物的颜色，红色、绿色
蓝色、橘色、白色、花色……
我潜伏在这华丽的色彩中
如何扒皮都扒不出表明身份的颜色
像昏暗的岩层在火山口焦灼
显出大地被偷空的颜色，我仿佛遗漏了什么
一句叮嘱，一次限时的回归与融入
取出随身的一串石头，像万物的阵痛
缓缓挂在颈脖，荧幕雪花飘落
舞台歌舞升平，一串石头
我说不清，起初
从颈脖取下的确切理由

一首诗

“每年都在上一年的计划里落空。
没去过冈仁波齐，没见过大海。
活了这么久，也不知道都干了啥”

你说它是一首诗
它就成为一首诗

她的忧伤

石头持咒的山头，风是最好的念诵
影子和火焰在同修虚无
荒草摇曳，说出凋零的意义
爱与慈悲，给生命雨水
用时间锻造记忆，岩石坐成了云朵
你心如虚空，惟太阳在荡
你还在等待，等待
望向山外的空路带回
她的忧伤

无题

是爱，是空格键。是夜，是超现实
是泪，是心潮。是路，是逃亡
是山，是孤绝。是花，是云裳
是语言，是漏洞。是沉默，是遗忘
是左边，是缺口。是钟表，是重叠
是因果，是生命的无法逾越

月光

在古老的大街上
遇到的没有一个是多余
风擦肩而过，也只有风
才能如此轻松

相守是最久的单纯
却也败给了风

白兔旧居的深谷只有镜面
用祖先的木炭画水
黑色巨轮漫过的年轮
一双黑眼睛，经过泥泞的莲池
和垂悬的白色瀑布

看施身的物种传递亘古思想

光走进种子与果实
心之百态，这无始的迷宫
光走向永恒，留下影子

递给风

我对这漏洞重重的尘心
又做了一次虚无的拯救
把命中的雷电和雨水都递给了风

兀鹫

它缓缓而降，在冬季金色的半山腰
僧众喜形于色，说是不轻易到访的鹫王
它独步于进食的众鹫外，频频回眸
用深邃的黑色双目，仿佛在
透视有形或无形的离苦
它以虚空的羽翼，经过我们
给逝者指引，给生者安慰

天葬日

寺院茶室里，沏茶的僧人
收走了一屋的沉默，摆放冒热食物
不停地招呼大家

我的模样总能让人想起母亲
茶碗里倒满浓稠的酥油茶
母亲最爱喝的茶

腊月的寒风，总能送回一两个
站在室外的人，生命像个假设
命数的重锤，吊在脆弱的骨节上

父亲安放在不远的山上
僧众就位，秃鹫都已缓缓而降
天如阴沉的帷幕，隔着遥望

我们犹如风口的石头
用日复一日的粗粝，自证
翅膀磨平的内部和时间的伤

爱的道场

送别只限三日
酥油灯照亮

走向山，走向它的洪亮和肃穆
万事浓重的形色渐褪
沉默的路面向天空倾斜
展开久违的嘱咐和心流
“洞悉熟稔的，亲见向往的”
隐秘的自我交流，如梦的隐喻

晨光，如此轻柔
如那惯常的微笑
如那深沉的爱的缄默

还原这一生，在爱的道场
山间簇拥的翅膀
用光的羽毛把魂灵带向高处
我们熟识的道别，都带着凛冽的山风

海螺声悠长，一想到世间从此无父
海水涌动的胸口，三世的风不停地吹
一想到拥有更好的去处，双手合十
虚空无回声，归还我泪水

送父亲回故土

天空犹如透明的器皿，倒扣在清晨的雪地
奔跑的柏油路，每条岔路的尽头
都奇显一座寺庙，轻轻经过
并热爱它的静默

白雪像悲情，结成淡蓝色冰水
时而从右侧摊开透明的阻挠
像一种启示，在生命的容器里

水一样变幻。缓缓而行
抵达即终点

等两只苍狼越过马路
等一只藏狐钻出围栏
等泛起的白云涌向山梁

殿后车的车轮失去鼓囊的轮廓
无常之风，随了一路
群山守在原地，只看着风动

嘉那玛尼石经城

石头从时光内部发出邀请
人们从过去的启明星
找到准确的时辰
成为清晨的一部分

红砖与青石路，强化重复的脚印
公开的诞生与陨落，无法轻描淡写
灵魂多交出一个旧问题
世间就多一块新石头

太阳总出现在恒定的方向
成为岁月的黄金，炙热又单一
涉及距离，我们总有理由
拿出最轻的语言告诫自己

时间不可触碰。观照内心
总被一种虚无的凝视、抓住
安放，在石头与石头之间
在色彩与色彩中间

玉宁航线

在一场大雪中抬头
那里俨然是一片海域
所有的鱼都飞向天空

虚空以广角照见无边
而概念设限的路程里
只有累世的风力，自由穿过

雪山消失的地方竖起众多白云
六字大明咒，他轻柔的克制和唱诵
在天空中，完成了音律渲染的悲悯

祈福。这多灾的人间
拉下遮光板，离开天空疲惫的镜面
一条鱼跳进了它自织的海洋

新年

祝福批量如星空漏斗
这漩涡带着爆竹的惊叹
给新旧画上瞬间的绚烂
灰烬，是自身的回声
夜色内部的黑齿
把岁时的版图又咬走了一口
死亡之绳捆绑的受难相
凝望这一刻。匍匐的石板路
夜灯照亮的年轻面孔
呈现古老共情，带来平静
把亡者的名字，如传承的密咒
隐秘地，封藏在轮回的衣领内

原野上有风

老阿妈牵着的小女孩抬头看风
抬头就能看到的还有飘动的经幡
每个人在使用自己的性情
匍匐的红袍男长发披肩
平静潜行，路荡在身后
路成为一种虚设
并没有更多的衍生物
只有群山延绵起伏
占据着大地的心
我透过镜头置身其中
和他们一起
发呆、沉默
然后静静地离去

新的清晨

他的消失，带着模糊的仓促
这是梦中事件

遗忘带给我们
仿佛有什么真存在过

念头的窗户，挤进亿万个自己
也胜似有亿年光景的喜悦
烦恼，但并不急着兑现

耐心足够，不限于一世
——这是句箴言

生命的丝，编织脆软的壳
破壳的禁忌远大于漏洞

树梢卜卦的喜鹊
和一块璀璨的小石头
总能描绘一个新的清晨

小和尚

他刚从红色经堂出来
站在视角的上坡，向下观望
僧舍错落有致
背对一座树叶状的山脉
十万狮子吼树在向南的莲花山
白海螺伏藏在西边的廓日山
白晶珠的圆满，都是熟稔的习题
在正午炙热的阳光下
风掀动的袈裟，如隐形的巨浪
随时都有一次慢跑
看谁家烟囱先放出火的信号
立刻脚下生风，他知道
每扇敲开的门内，都有
一碗热饭和几个笑脸相迎的人

我的名字

一个乳名，大我三岁的哥哥
看着小又小的人
无奈地腾出自己的位置
——小小的小

一个全名，鹤发慈眉的喇嘛
赐我——福德吉祥
五彩糖果装满的美好午后
瞬间如美梦，外婆收走的甜食
都有先甜后苦的隐患

一个笔名，来自父姓
始于山石草木江河
或流动的纪念，血脉里的符号
迁徙路上唯一的标识

这么多称呼
都不能准确地概括

一个人的全貌。像是无数个我
在证明一个没有的我

而我终其一生都在紧攥
这虚无和这力量

碧发为谁而落

母亲决定剪掉一头碧发
曾被蜜蜡珊瑚松石镶嵌过的乌发
细编垂肩齐腰，温暖的记忆
此时稀疏的两根麻花辫
盘在头上，或垂在肩上
如所有老去的母亲
如夜幕下稳定的灯盏
守在最后的窗口
而成长的难处和益处
是改变和接受改变
有过抗拒，如一个隐喻的无处安放
母亲落去碧发的侧脸
仿佛刚离世的父亲复生
仿佛一生相伴的意义在于
最后把俩人活成了一人

澜沧江

水凌厉，在高处的沼泽地
在唐古拉山下，“扎西且瓦”
——吉祥环绕的源头

太阳停顿的地方，山石缩身的地底
递出清澈的棱角和润滑

“杂曲”，来自岩石缝里的河
或“达曲”，来自月亮的河
鹰飞临的绝景，马鼻息的稀薄空气
触手可及的星星，落在弯曲的牛角

如同米拉日巴尊者避雨的牛角
谁也没变大也没变小
或是　把牛角琴最初的故事
万物以智慧的根茎，带来悲情

她以奔涌与自由，追上时间
成为世界的血管

在中原，想起像父亲一样的人

风在流动，风中有火
掏空身体里的水，肉体的重量
给夜里的蚊子提供血液，据说
酥油的味道令味觉更加甜腻

穿过朝拜者的影子
从匍匐的身躯里起身
尽量，保持对世间的谅解

体谅，像父亲一样的人
曾在陌生的街头汗流浃背
郁郁寡欢，骨头像酥油一样融化

风雪，点燃生的信仰
家在高峻的海拔之上
我的体内囤积了过多的雪
过热也会一样，郁郁寡欢

崭新的庙宇间呼吸风
看到梦里的孩子，世间的父亲
牵着恒河水，在我的眼眶里吟唱
吟唱水，吟唱火，吟唱天边的云朵

日落长河，长河远于大地的忧伤
向长眠于地底的辉煌
腾出滚烫的高度，保存
时空对记忆的留白

像父亲一样的人，长在市井
长在庙宇，长在延伸的血脉里

月光重塑的夜，乳白色脚
像风一样，通透、不羁
在父亲的骨骼间，来回奔跑

每一滴水都有微小的波纹

先于路灯穿过马路
路边的水果摊，种类单一
像欲望过滤后的寡淡
空出双手，空出胸腔里的键盘
空出悲喜的道场

左侧的红房子拉下闸门
荡秋千的人囚禁于绳索
世界曾哗然喧嚣
静寂曾被静寂损伤
春天依旧被雨水溺死

有多少过剩的时辰
可以被眼神误解
只剩三秒谈论遗忘

顺从时光穿梭市井
借过谈笑的老人
经年后的空位置
尘埃脱落，灯光沉寂

借过生僻的语言

诧异的路人
轻弹肩上的灰尘
一次次投身于转角

在隐秘的世界里，我种下潮湿的身体
每一滴水去祭奠，鱼的海域
云的天空、雪的高寒

继而，逃离
弃绝
消亡

阿妈香萨[①]

1

阿妈香萨，四十公里外的青塘
望不到六百多年前的苏尔吉
清晨的第一缕光照透过窗隙潜入
梦的残余如深秋落叶
含着一句断章的词语
“执实虚妄”，又打消前去的念头
虚实占用的身体里，我的思考
总是个问句，如昼夜转动的车轮
模糊的车辙并没有标明路程
来路无始，去路有尽
答案在最接近心灵的词语里
这是另一个人的声音
她时常坐在时间里
说它的不生不灭
她又奔向月夜山野
星空那么老
她的忧愁还那么年轻

---

① 阿妈香萨：宗喀巴大师的母亲。

2

阿妈香萨，白男孩有白面
红女孩有红面
祖母绿翎眼的孔雀羽
和宝镜照见的腹部
“如何诞生刹那间”
五谷与包碗布，甘露药丸
密宗结都一一奉上
洁净是生命初始的体态
未出生的孩童，无数个阿妈
脐带落地处，今生的阿妈
宗喀莲花山，一塔一寺
四季在殿外的旃檀树上更迭
风止于念头，十万狮子吼
十万次仰望，目光迎接一个个
新的自己，留下缝隙
十万束光，爱的形式存在

3

阿妈香萨，我又一次来到宗曲河畔
雪天的河湟山垄，秋收的谷地
都如神迹，几头大黄牛
在一根绳的边界，寻找最远的鲜草
林中的泉水边，喜鹊
衣着肃穆，喳喳喳……

"背水阿妈，木桶里装满了星辰"
人们踮起脚尖，托举山的姿势
模仿曲结东珠仁钦的后背和手掌
烙印的岩石，不能企及时
像往常一样微笑，崖边小花
一部分带着太阳的阴影
向经过的风，赞美自己的影子
村落、田地、山脉……
它们举着各自的
黄绿青紫白

4

阿妈香萨，十六年即如刹那
它快过夏琼寺上空翅膀的掠影
崖边飞鸟，带着黑夜的深邃
把远方的消息一遍又一遍
带给日光洒满的河谷
黄河洗净金沙，蜿蜒前行
暮色过滤的人间，山如古老信件
阅读时光，喜忧参半
鼻血描绘的唐卡
经过万重山后喊出的那一声
"阿妈"，一朵怒放的莲花
入定成一座山，一个六百多年
一只盲龟钻进了一具牛轭
无数只盲龟钻进无数具牛轭

我也是其中一只
带着大海的印记
在此山中——
“青龙游于前，黄龟伏于后
灰虎卧于左，红鸟翔于右”

5

阿妈香萨，盘曲的山路顶端
“乌鸦叼走的帽子”
落在向阳的廓巴山
龙王无热的白海螺
出土几百年，螺声还在原处
像被虚空蓄藏的波纹
与疾走的耳朵相触
一串白晶念珠，一尘不染
渡鸦在蓝宝石的空中鸣叫
它们与路过的风往来交流
岁月在红屋顶的白墙上
留下风的剪影
餐桌上沉默的食物与茶水
顿时的寂静，搅动一个人的情绪
她孕育的生命在体内
像探路者的不安和警惕
放大柔软的触角
确认一滴泪的由来

6

阿妈香萨，午后的太阳城
热烈又缓慢，随手叫停的的士
帅气的男孩一口细软的拉萨方言
润耳的甘露，阳光一样免费
一面白墙敞开无数门窗
怒目护法、慈眉菩萨
羌舞、辩经……
时而在盛开的蔷薇间
时而在晴天的冰雹中
东边山腰上有年久的黄墙
我的年代犹如这朝夕的间隙
余光带来的想象和期待
用生命的潮汐，举起
手心磨平的石面上
曾立起的无数光

7

阿妈香萨，山如米堆
依山而上的台阶都通向昨天
我走得慢，错过的脚步
都被别人走了一遍
写了首诗，写裸露的阳光
写它的温情和我的欲望
写一只狗的慵懒和它的梦境

生命的疆域都如此相似
走两步就到头的距离
用不到新概念
念头在刹那明灭万千次
抓住的已消失的
猜想和曲解
是另一种事故
时光在我身后沉默
“我想成为平铺的石板
见证所有耳闻”

阿尼玛卿

阿尼玛卿是一座山，白得耀眼的雪山
一群马在风里飞翔，海螺声，桑烟缭绕
“戈戈索索拉加洛”——
神圣的献词，阿尼玛卿听得到
云层，像一条哈达盘旋在山腰
太阳从云层里闪出金色胡须
站在风里的人，在触摸它

阿尼玛卿是一个神，养了那么多野花
满山遍野地放生，黄红蓝似绸缎
披在夏日肩头，风翻过山头
星宿闪耀，给夜幕盖上了厚氆氇
在寂静的核心区，流水声
替神，诵了一夜

一匹狼，孤傲地穿过草甸
几声嚎叫，与启明星挂在天际
露珠从冥想中醒来，掀开那块暖氆氇
阿尼玛卿就在眼前，呈现白和白的圣洁
也裸露出雪坠落的部分，像一扇门
通向遥远的过去，谷中倾泻的碎石

像时光里取出的病症，细读天机

那么多虔诚的生命，在风雪中
谈论着来世，用力盛开着

优昙婆罗花

向死而生，每刹那
在各自的漩涡里制造心象
镜中人不断认领自我
前世的标记长在别人面孔
像勋章错过的表彰
像晚归的人站在暮中
光阴在拉伸身后的影子

没有一束光为照亮自己而生
幽暗在成就它的另一面，念头持续
像爱情对永恒的执着
走遍晴天，阴雨里保存闪电
月光掉落水中，一根光的愁绪

避开众目，心跳凌乱
有人走向骨骼与力量的美学
传说中找回自己的基石
英雄的宝剑扛在右肩
保持柔情，退出自我一公分
裸露众我纷扰
每一个都在光阴的戏里独唱

生命因死亡而显得可贵
手心滴漏天的水分
原谅那只手的局促难安
无常畅饮满盘正月
时光在一朵花的底部
拉响火的预警
又一场大雪落在了远方

带着初识的矜持
画圆一座山的轮廓
把孤独带回家
梦里的石头放在梦里
妥协于一次偏爱
万念之躯凌驾于古老哲思
生命在被预测的期限里
保持虚无的恒久

旧时的地标上
找不到对应的位置
可以放置一条河和一座白塔
梳理每一场风暴
在一条消失的街上
被众口吹落的灰
在供养一朵花

走不出时间的人
重复穿梭于时空沙滩

丢失玩具的孩童仍在原地
放大幸福的漏洞和空心
每个路口都有一个南北
每一种时光都走向同一个胡同

美好如你，满月的光不及你
机翼划过云层听见了虚空
面如止水，放过自己
说一句感恩之语
对崖壁的花
对雾里的露珠

春风镶嵌过往的雪
衣着庄严，领受恩赐的语言
灯盏寻觅的神殿在拐角
喇嘛手敲木鼓，万籁声长

雪线之上垂头的花
默哀千年，红颜如万象啼血
众花落入谷底时，它望见了什么

千年后，一棵花树下
三个神态各异的神
阳光、粮食和一颗绿松石

星宿之心[①]

萨达瓦

聆听的虚空耳，以大海的想象
倾洒爱欲之甘露，在浩瀚时空里
囚禁，一只静默的兔子
和一朵陷在深水里的莲花
生出众多的雪山，以施凉之心
吹熄命中大火

萨米玛

游行于虚空的灶火
燃烧第九个从冰面坠落的魂体
第九道光从大地喷发的祥瑞
我卷曲的属性里有一团卷曲的火
吐着冰川般洁净的芯子
以炽热之心，遇冷制暖

---

① 藏人把一周的时间分别命名为七个星辰（月亮，火星，水星，木星，金星，土星，太阳）。每首小诗标题即藏语。

萨拉巴

星宿诞下的一瓢酒
饮者自醉，朝夕间传情达意
归来者丢弃皮囊，众多的肉身
一分归于江河，一分归于海水
妖娆的，在起伏中远行
以船者之心，承载流水之情

萨普布

牧笛是牧者的葱茏之手
招揽大地的声音，齐声于原野的狂欢
熄灭飞虫之梦境，火把像一座绚丽的坟场
空中的舞者像花瓣一样坠落
一块木头与另一块木头
以燃烧之心，披着第十二道光

萨巴松

水域的百语者
时间之上证明风物的局限
暗藏的玄机，实则有十六光之色
像是被修辞锤炼的耕耘者
万物昏暗蒙尘时，以光亮之心
掘出最闪亮的那部分

萨边巴

生长物之母，坠落之温床
倒下无数个自我，海市中鲜有的美景
万物带着作画之手，轻描一撇
自生的谷物都在时间里石磨
千层尘埃，“于一尘中尘数佛”
以虔诚之心，四方皆荣

萨尼玛

移动的火球里走出三匹马，一匹马
带回了走失的父亲，一匹马
带走了孩子的泪水，一匹马
养在母性的坚韧里，摇啊摇
以童谣之心，我与一只蚂蚁
摇到白云之上

转山记

星辰闪烁，越过石桥，跨进漆黑的风
多少年后，我们或许会并肩回想
轻微的触痛都那么自然
像被错设的闹铃或遗落的拐杖
都自有定数

“别把这条路放走”
老人漏风的嘴里只剩几颗门牙
重复着，像是一种信条
你说衰老比死亡更醒目
再一次，轻揉头发的样子
像是对年岁的一种抚慰

一只飞虫，舒展肢体
面朝朝圣的大脚掌，只是
预期了一次更高的飞翔

一头健壮的大公牛
在草尖上，足足站了几分钟
也足足看了几分钟
空旷的峡谷里
谁都默不作声

貌似都有缘由

尕朵觉悟神山，山石林立
我们确定看到罗汉和菩萨
佛一定是举着晒暖后背的夕阳
在垭口的经幡之上，目视
人们从自身的障蔽中
摇晃着经过

路程渐长，海拔渐升
每一个岔路口，站立分钟
放眼群山，拿出心尖的指南针
放稳胸口的定海神针
去检验肉身的腐朽和脆软

赛康寺，两个谷口的启明灯
穿过漆黑的雨夜，湿漉漉地
来到起点，一群喇嘛
欣慰地看了一眼

在高地，无端的黑夜无须被证明
灵魂穿行其中，无关乎
谁前谁后

从健步到蹒跚，从一个人的前世到
另一个人的来世，山路曲折
岩石陡峭，风雪从未停止

更多的时候
我们并没有
确切地
表达过什么

一座山，放在原处
人们依旧不停地在道别

女巫

1

王从凛冽的风中摘来一棵草
别在胸前，批阅奏章
在弦月的街头为我设宴
在浅蓝的宫殿里亲自洗刷华丽袍子
他是别人的王，我是他的女巫
精心供养我的预言
女巫，蓝色的女巫
在王的影子里策划一场风暴

2

紫色的花开在悬崖，被乌鸦盯得生疼
死去的枯树是黄昏的支架，挂满金色沙子
万物的嗅觉只祈求一滴水
一片绿，一个万能的咒语
我是两手空空的女巫
当我摊开袍子，被一粒沙戳穿心思
足够一次死神的洗礼

3

浅色天空飞鸟绝迹
所有的蓝被浓烟顶得掉色
只有鹿的斑纹依旧令狮子眩晕
山顶，一只鹰撞向沼泽
万种声色葬于空中
等待撕裂的回声
怎样在风中拧成绳索
勒死诸神的样貌

4

黑夜是遮盖肉身的布
裹上黑夜的女巫，是没有肉身的邪恶
预言是成形的罂粟，开在夜里
开在女巫的身体里，秉持权杖的王
眼里悬挂着夕阳，在染红的地平线上
瞭望一座山脉，守候一滴水源
一再为女巫裹紧黑夜

5

原野的寂静是一场无声息的葬礼
举着火把的人潜入树林
一只从预测中赶来的鹿
困在猎场，困在猎人的心里

裹上黑袍的女巫，在黑夜的胸口反复揉搓
深蓝色的心脏，一节节变冷

6

女巫，冰冷的女巫
目光里堆满了风雪
薄弱的呼吸来自万物的求救
枯竭的巫术，光秃的疆域
谁是谁的王？谁是谁的女巫？
抛下初始的契约
他们，是一场梦里的两块石头

夜宿热情村

夕阳翻越崇山漫步
我们站在经幡飘动的垭口
蜿蜒山路沿着彩色之风升腾
牛群披上山林神秘，暮归

讲故事的人，幽默、睿智
格萨尔赛马称王的故事
在山与山影间，挥舞智慧的教鞭
谚语如刀刻般生动

挂壁柏树，山顶新月
挂得住万千次仰望
万物眼帘低垂，冥思
如命定的爱情
如圣徒的虔诚

望远镜头穿透云层
肉眼之上，星河流动
欲所不及的缺憾来自于
石墩与飞絮的分别

飞鸟飞离影子

大地留不住的飞回虚空
一双翅膀称一两风
一两风出示一个具象的离去

山顶露出冰川之灰色骨架
我肋骨上隐痛从未消退
灵魂满载新雪和旧雪
流向一条河的远方

月牙如纽扣，把暮色扣在山顶
山影倒在谷底的三岔口
我熟悉这寂静的本分
若建一座木屋
必定具备隐士的风骨
把山泉引进梦中
完成少数人的梦想

冬季牧场，向夏日敞开门窗
向一头棕熊的闲散和愤怒
留下足够殷勤，无奈或平常
一群岩羊总在半山腰
恭送夕阳或奉献丰美

牧户如星辰散落于群山
牧户如孤灯守着山河昼夜
遵循因果是选择，有时
在自己的业中受灾，有时

在自己的命里解脱

山中卫士，山河是比照自己的镜面
保护江源，指尖向上
三滴晶莹水珠，出自恒常的虔心
手心向下，澜沧江带着雪山颂词
众水汇聚一身，相续中前行

陆续返回的牧人，点燃山中炊烟
新版图上用不到旧知识
新门前的每寸土地都有主
揭开曾经，那逃离般的奔走
与好奇与莽撞，再次面向山野
看得见的四季，缓慢又富有耐心

新木屋，藏青线上的松木香
出走的主人，在一座地标的分界点
重复竖立自己的身影
看天地边长，奏岁时悠远
几双新脚印，他能看得到

看见是山河祝福的力量
雪豹沟的“雪豹眼”
穿行在熟悉的眼睛牧场
看生命涌动，看天蓝云白
看山高水清，看树翠草绿
看那看不见的隐相

高原隐士——雪豹
有月亮的斑纹
有太阳的骨血
还有幽灵的隐身术

夜幕静如指尖墨迹
飘荡在朝山的窗外
山脉是亘古流动的传说
它可以是一个神
也可以是一个古人

雨夜

收藏和领受，携带水的天空
和夜幕滴水的耳朵
“思念是一种声响”

心愿如电闪
来得及明亮一双眼

山林换新衣，这是个好季节
梦做到鸟雀的自然醒
双脚换取心愉悦
塑造一个人的线条

山风带来隐秘消息
消失的近邻与未知之事
都在命运的测算中

珍视每个敞开的黄昏
虚构两个月亮
禁言是心的誓言
仅限于群山

——雨夜风急
清晨露重

听堪布讲法

勇敢地卸下妆容，勇敢只相对于一面镜子
最素净的衣裳几乎也变得不素净
我知道，人们把自身低到尘埃里
是为了更好地遇见菩萨

宗喀巴、阿底峡尊者
显宗与密宗的殊胜，堪布的面容
时远时近，时而把沉下的头猛然抬起

阿姐叫我背上
装满《菩提道次第广论》的背包
绕塔三圈

这一天我念了许多金刚萨埵

结古寺

木头栈道环绕一座山
一座山约等于一座寺

晚霞染红山顶
这是一群人的火焰

高山怀古，拾级而上
尘世的微光从黄昏深处亮起

地藏菩萨，俯瞰中微笑
天地广阔，一个人的急促
即如此拥挤

尕尔寺

“山势如虎跃，岩壁如狮子吼”

万物归于寂静，云朵触手可戳
悬崖洞口的喇嘛，必有遁世的翅膀

獐子兔子猴子，羚羊地鼠土拨鼠
马熊雪豹艾虎猞猁，老鹰雪鸡渡鸦
杜鹃麻雀，隐没于山林，打盹的小鹿
在螺鼓铜钦声中入定

柏树漆树熏烟木，金露梅山生柳水柏枝
金莲花白乌头铁线莲，波罗花报春花
每一株是一位菩萨，俯瞰光洒下的影子
那些隐秘的潜修者，绕着自转法轮
分解自身的颗粒，白黄红蓝绿
右旋——在虚空中

普陀山

光穿过石头和一双手
花瓣飘落，众人喜悦
臆想天女散花

两只石龟聆听亿年
一头石牛静卧千年
默念心经的岩石已入定

不走回头的路上
嵌刻回头是岸的顿悟
岸边浪潮声声

孩童疾走，供出疑惑眼神
谁在我的花朵上打坐？

老人迎面浅笑
仿佛解读了时光咒语
从摇晃的世间健步而去

黑玛拉雅

立在右旋海螺吹奏的时空之上
山风吹弹雪的肌肤，明晃晃的白
记忆垂直向上，一条鱼
逆流成为岩石的断层

以山脉的陡峭，命名泉水和青草
以婴儿的语言破解词语的含义
拼接现实的象征和意义

东山顶上的明月，一朵浪花的祝词
从一句唱词到另一句唱词
八方河流，带走声音
寻找到与它相配的每一只耳朵

第一个生命之音，环绕白茫茫山脉
抬起黑头颅，看见每一片值得纪念的雪花
看见柔软的心，一颗颗
捻着低处的盐和高处的浪

世界说，我找到了你

海螺天珠

衡量手腕，衡量一个人的成长史
积累或放空，一缕游丝般的脉动

敦煌壁画般的海螺天珠
天女曼妙舞着丝绸彩带
弦月倒挂的沙漠
打湿了驼铃声

初到石窟的和尚
并没有把满山黄沙的低吟
写进手册。出入梦境的人
在风起的人间，听黄沙落在门前
给每块石头
刻上了一个定义

缄默

一把火点燃黑夜，焰是火的云层
隔着长空，我的心思是透明的雪花
无法向远方寄存，凝聚在枝头
在初春的暖风里化为水

念及中焚烧，褐色檀木
萦绕的香，在咒语与念珠间递进
爱的初心，如寺庙的绛红
在尘世的笛声中，披着铜质面纱

我有烟一样的耳膜
会生锈的语言，都秉持着中性
沉闷得像重铁的声音
就让缄默
适宜地燃烧

卓玛拉毛

几个牧户，上百只混合羊群
几只饿狼深夜潜入羊圈
只咬死了卓玛拉毛的羊
无常像个不确定的妖风
与暗夜同时出现时并无征兆
她的愤怒多来自天的不公
骂天，骂神山，次夜
狼群又一次袭击了她所有羊
她如同暴晒的雪人，瘫在地上
不知该指向谁，就骂自己